Retorno a la pasión

EMILY McKAY

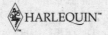

HARLEQUIN

I.S.B.N.: 978-84-671-9977-2
Depósito legal: B-6764-2011
Editor responsable: Luis Pugni
Preimpresión y fotomecánica: M.T. Color & Diseño, S.L.
C/ Colquide, 6 portal 2 - 3º H. 28230 Las Rozas (Madrid)
Impresión en Black print CPI (Barcelona)
Fecha impresion para Argentina: 24.10.11
Distribuidor exclusivo para España: LOGISTA
Distribuidor para México: CODIPLYRSA
Distribuidores para Argentina: interior, BERTRAN, S.A.C. Vélez
Sársfield, 1950. Cap. Fed./ Buenos Aires y Gran Buenos Aires,
VACCARO SÁNCHEZ y Cía, S.A.
Distribuidor para Chile: DISTRIBUIDORA ALFA, S.A.

SEP - 2011

Capítulo Uno

–Dicen que has aceptado presentarte como una de las solteras de la subasta del fin de semana.

Claire Caldiera alzó la vista del café que estaba sirviendo a Rudy Windon, uno de sus clientes habituales, y vio a Victor Ballard apoyado en la barra. En lugar de molestarse en contestar, se limitó a tomar el paño que colgaba del cinturón de su delantal y pasarlo por la mesa de Rudy.

–Si necesitas cualquier cosa, me lo pides, Rudy –dijo, sonriendo al anciano granjero y miembro del patronato escolar.

–Tranquila, cariño. Me basta con el donut.

Asintiendo, Claire colocó la cafetera en la máquina. Vic la siguió hasta el final de la barra.

En el pequeño pueblo en el que habían crecido, Vic se consideraba un gran partido, pero Claire tenía motivos para saber que era un canalla.

–¿Es sólo un rumor o por fin voy a tener la oportunidad de salir contigo? –preguntó Vic.

Claire se volvió hacia él, pero recorrió con la mirada su cafetería, Cutie Pies, para darse unos segundos de calma. La media docena de clientes que lo ocupaban en aquel momento, estaban distraídos con sus consumiciones y, desafortunadamente, no la necesitaban. Claire forzó una sonrisa.

–Es verdad. Mañana participaré en la subasta.

3

Vic le dedicó una sonrisa que habría derretido a la mayoría de las mujeres del pueblo. Era una lástima que ella formara parte de la minoría a la que su perfecto rostro les resultaba indiferente. Por mucho que Vic tuviera la mandíbula de un superhéroe y los ojos color caramelo de un ángel, su impostado encanto le repugnaba.

–Menos mal que llevo tiempo ahorrando –masculló él.

Como si lo necesitara. Vic procedía de una de las familias más acaudaladas del pequeño pueblo de Palo Verde, en California. Pero no era eso lo que irritaba a Claire.

La verdadera razón por la que no tenía el menor interés en salir con Vic Ballard era que le recordaba demasiado a Matt quien, siendo igual de atractivo, no compartía su vanidosa arrogancia. Para ella, Matt era cien veces más interesante. O al menos eso era lo que había pensado de él cuando era joven e ingenua. Durante seis semanas, cuando tenía dieciocho años, Matt le había hecho creer que alguien como él podía amarla. Le había llegado a convencer de que un amor de cuento de hadas era posible. Y Claire nunca se lo perdonaría.

Vic Ballard era un cretino, pero era Matt quien le había roto el corazón.

Claire consideraba que había sido una suerte que el que entraba al menos una vez a la semana en su cafetería fuera Vic y no Matt, que nunca había vuelto a vivir a Palo Verde. Odiaba el pueblo en el que había crecido tanto como Claire sospechaba que la odiaba a ella.

Desde su ruptura, Matt se había convertido en uno

de los fundadores y director ejecutivo de FMJ Inc., una empresa de tecnología extremadamente exitosa, establecida en la Bahía de San Francisco.

Matt y sus compañeros de la Escuela de Empresariales, Ford Langley y Jonathan Bagdon habían creado la empresa cuando todavía estaban en la universidad. Ya antes FMJ habían llevado a la práctica varios proyectos empresariales lucrativos.

Todo ello había convertido a Matt en un hombre muy rico, y aún más inalcanzable para ella de lo que lo había sido en el pasado, cuando sólo era el segundo hijo de la familia más rica del pueblo en comparación con ella, que procedía de una de sus familias más humildes.

–¿Así que los rumores son ciertos y por fin vas a romper tu promesa de no salir con nadie? –preguntó Vic.

–¿Qué quieres que te diga? –Claire forzó una sonrisa–. Se trata de una buena causa.

La Sociedad Benéfica de Palo Verde había organizado una gala para recaudar fondos para la biblioteca del colegio local. La subasta de solteras era más apropiada para las jóvenes del pueblo que para una mujer trabajadora como ella y Claire no se había planteado ofrecerse. Pero cuando una de las candidatas se había roto la pierna en el último momento y el comité de la Sociedad le había pedido que la sustituyera, Claire no había sido capaz de negarse. Después de todo, ¿cómo podía negarse a ayudar al desarrollo de la biblioteca, que en su deprimida infancia había sido uno de sus santuarios? Así que, aun a riesgo de que significara pasar una velada con Vic Ballard, había accedido.

Ni siquiera comprendía qué interés podía tener en pujar por ella. Vic había destrozado la vida de su hermana, pero eso no había impedido que a lo largo de los años hubiera intentado ligar con ella. De hecho, él era la principal causa de que hubiera jurado no salir con nadie. Pero como su ego no conocía límites, eso no lo había arredrado.

Para consolarse, Claire se dijo que su situación habría sido aún peor si, en lugar de ser él quien amenazara con ganar la puja, se tratara de Matt. Si tenía que elegir entre dos hombres despreciables para una supuesta velada romántica, al menos prefería sufrirla con el que no le había roto el corazón.

—¿Vas a apostar mil dólares por… unas magdalenas? —dijo una mujer a Matt, a su espalda—. Para no haber querido venir, has decidido gastar una fortuna en magdalenas.

Matt terminó de escribir la cifra en la paleta de la puja y se irguió antes de volverse. Estaba familiarizado con el sarcástico ronroneo de Kitty Biedermann. A principios de año, FMJ había comprado el negocio de joyería de Kitty. FMJ estaba especializada en empresas de tecnología, pero la decisión de ampliar su mercado había resultado rentable. Además, Ford había obtenido el beneficio añadido de enamorarse y conquistar a la atractiva Kitty. Y Matt lo envidiaba.

Como de costumbre, Kitty estaba preciosa, con un vestido rojo que parecía pintado sobre su cuerpo y el cabello cayendo en cascada sobre sus hombros, su belleza eclipsaba a las demás mujeres. Matt le dio un beso en la mejilla.

–Son unas magdalenas especiales –dijo.

Kitty le devolvió una sonrisa coqueta.

–Deben de serlo.

Kitty era una mujer excepcional. De no haber sido la mujer de uno de sus dos mejores amigos, no habría dudado en intentar conquistarla.

–¿Cuándo vas a dejar a Ford para huir conmigo? –bromeó.

Kitty miró hacia su marido, que había ido a pedir una copa al otro lado del patio del club de campo desde el que se divisaban los campos de golf y las estribaciones de las montañas de Sierra Nevada.

Al ver a Ford, los ojos de Kitty adoptaron una expresión de amor tan tierna, que Matt sintió una presión en el pecho que no quiso analizar.

Al instante, su gesto se transformó en picardía amistosa.

–Veo que no has convencido a ninguna de tus amigas para que te acompañara –sacudió la cabeza con una risita de desaprobación–. Es tu culpa, por salir con esas modelos flacuchas que tanto te gustan. Sus traseros no aguantan los viajes en coche.

Matt no pudo evitar reírse.

–Tienes razón. Hay una epidemia de modelos demasiado delgadas.

Kitty sonrió maliciosamente.

–Deberían organizar una recaudación de fondos para alimentarlas.

–Yo mismo la organizaría si significara librarme de ésta.

En ese momento Ford se acercó con las copas y dio a Matt una cerveza.

–Apuesto lo que quieras a que está intentando camelarte con una de sus tristes historias sobre lo mal que lo trataban sus padres –dijo a Kitty.

Matt sonrió y se guardó la paleta de la puja en el bolsillo.

–¿De verdad me crees capaz de intentar seducir a tu mujer?

–Desde luego que sí.

La madre de Matt interrumpió la conversación.

–¡Por fin te encuentro, cariño! El presidente de la Sociedad está deseando que os presente –dijo con un artificial entusiasmo al tiempo que besaba el aire cerca de las mejillas de Matt.

–Hola, mamá –dijo él.

Su madre frunció el ceño, pero no dijo nada hasta que Ford y Kitty, tras saludar, los dejaron discretamente a solas.

–Te he dicho cien veces que no me llames eso –susurró a su hijo.

–Es un apelativo cariñoso –dijo él con frialdad, dando un trago a su cerveza y arrepintiéndose de no haber pedido algo más fuerte.

–No es verdad, es un insulto. Sabes que no me gusta –dijo ella, cuyo rostro habría quedado fijado en un permanente gesto de contrariedad de no estar paralizado por el Botox.

–Y tú sabes que no me gusta que me presentes a tus amigos como si fuera un trofeo.

–Está bien –dijo ella tras una pausa–. No te presentaré a nadie –enlazó su brazo con el de él para recorrer la sala. No presentarlo no significaba que no quisiera lucirse a su lado–. Espero que hayas pujado generosamente.

–Así es.

Su madre rió cuando le enseñó la paleta de la puja.

–¿Cómo puedes apostar mil dólares por unas magdalenas?

–Tú misma has dicho que debía ser generoso. Además, siempre me han gustado las magdalenas de Cutie Pies.

Su madre sacudió la cabeza.

–¿Y cómo te va a llevar Chloe una magdalena a diario si vives a tres horas de aquí?

–Ya se le ocurrirá algo –Matt miró alrededor con la esperanza de encontrar a Ford y Kitty y volver junto a ellos. Sólo al no encontrarlos se dio cuenta de lo que su madre acababa de decir–. ¿Quién has dicho? ¿Doris Ann ya no lleva Cutie Pies?

Aunque los cotilleos del pueblo no le interesaban, había pensado ir por la mañana a pasar un rato con la radiante mujer que siempre había representado la madre que hubiera querido tener: generosa y amable a pesar de su apariencia brusca.

–No. Se retiró hace años. Su sobrina lo lleva desde entonces. Chloe, o Clarissa… Algo así.

Al darse cuenta de que Matt se detenía, Estelle se volvió hacia él.

–¿Te pasa algo, cariño?

Matt sacudió la cabeza.

–Claire. Se llama Claire Caldiera –obligándose a sostener la inquisitiva mirada de su madre, Matt se encogió de hombros y añadió–: Estaba un par de años por debajo de mí en el colegio.

Su madre aceptó la explicación y volvió a asirse de su brazo.

–Siempre has tenido una memoria increíble para los detalles.

Matt intentó disimular la curiosidad que sentía al comentar:

–No sabía que hubiera vuelto.

La última vez que había visto Claire partía hacia Nueva York para empezar una nueva vida llena de expectativas con su novio, Mitch. Había conocido a Mitch setenta y dos horas exactas antes de dejarlo plantado para subirse en la moto de Mitch e ir en busca de aventuras. No había que tener una memoria especialmente buena para recordar algo así.

–Volvió hace años.

Matt había estado tan ensimismado en sus recuerdos que no se había dado cuenta de que su madre lo llevaba hacia el comedor en el que se celebraba la subasta de solteras. Mientras le abría la puerta, volvió a prestar atención a lo que le estaba diciendo.

–… pero ya conoces a tu hermano: una vez se le ha metido algo en la cabeza no hay manera de convencerle de lo contrario.

–Sí. Es más terco que una mula –dijo Matt con aspereza.

El presentador estaba ya en el escenario agradeciendo a todos los participantes su colaboración.

–No seas desagradable –dijo su madre con desaprobación.

–¿Qué se le ha metido ahora entre ceja y ceja? –preguntó Matt, ignorando el comentario.

–Lo de esa chica.

Matt miró hacia el escenario donde seis mujeres elegantemente vestidas esperaban tras el presentador como seis candidatas a un concurso de belleza. Cinco de ellas eran muy monas, pero no tenían nada especial. La última era Claire Caldiera. Verla tuvo un efecto doble, lo dejó sin aliento y puso todos sus sentidos en alerta, justo a tiempo de escuchar las últimas palabras de la parrafada de su madre.

–Así que no entiendo por qué quiere pujar por esa Chloe.

–Claire –le corrigió Matt a la vez que un dolor sordo se asentaba en su pecho.

–Como se llame. El acaso es que…

Pero Matt ya no escuchaba a su madre. Claire no sólo estaba en el pueblo, sino que la tenía ante sí aquella misma noche entre las ofertas de la subasta.

Así que su irritante hermano estaba decidido a conseguir una cita con Claire… lo que no sabía es que no iba a resultarle tan fácil.

Después de todo, Claire y él tenían asuntos pendientes.

Los focos del escenario la cegaban y Claire no podía ver la sala. Se sentía incómoda y habría preferido salir de las primeras a subasta, en lugar de la última. Para cuando llegó su turno, el público empezaba a impacientarse, y desde las mesas se elevaba un murmullo y ruido de cubiertos.

Finalmente, la llamaron y se situó junto al presentador, Rudy Windon.

–¡Estás preciosa! –susurró él, tapando el micrófono. Luego elevó la voz y se dirigió a la audiencia–: A continuación, caballeros, tenemos una belleza local: Claire Caldiera –hizo una pausa para los aplausos y siguió–: Todo el mundo sabe que Claire había jurado no volver a salir con nadie –el público rió–.

¿Podrías decirnos por qué no quieres dar una oportunidad a ninguno de los hombres de Palo Verde?

Claire se quedó paralizada mientras diversas respuestas pasaban aceleradamente por su cabeza: «Me harté de que me llamaran provocadora por no querer acostarme en la primera cita». O: «Las mujeres de mi familia tienen muy mala suerte con los hombres y son muy fértiles, así que no quise arriesgarme». O también: «Un imbécil me rompió el corazón hace tiempo y todavía no me he recuperado».

Finalmente, se encogió de hombros y dijo:

—Me levanto a las cuatro para hacer los donuts que tanto os gustan, Rudy. A ningún hombre le gusta tener que dejar a su cita en casa para las seis.

Rudy rió:

—Ya lo veis, chicos, es vuestra única oportunidad de salir con Claire hasta tarde —guiñó un ojo a Claire en medio de las risas del público y ella consiguió relajarse parcialmente—. De acuerdo, empecemos la puja en quinientos dólares.

Claire sintió que el suelo temblaba bajo sus pies. ¿Quién iba a apostar esa cantidad por ella?

Cuando estaba ya a punto de salir huyendo, alguien entre la audiencia alzó su paleta.

—Quinientos —dijo Rudy—. ¿Alguien da más?

Claire se sintió aliviada y curiosa a partes iguales. ¿Quién habría pujado? Intentó enfocar la mirada en la penumbra de la sala y, tal y como sospechaba, reconoció a Vic Ballard.

—Quinientos a la una, quinientos a las dos…

Claire suspiró, asumiendo que tendría que resignarse a pasar una noche escabulléndose de los tentáculos de Vic.

–Quinientos a… quinientos cincuenta ofrece el caballero de atrás.

El hombre en cuestión había alzado su paleta tan deprisa que Claire sólo vio un fogonazo blanco, y los focos le impedían ver la parte de atrás de la sala. Fuera quien fuera, la gente lo reconoció y un murmullo recorrió la sala.

–¿Alguien ofrece seiscientos? ¿Seiscientos?

Vic estaba lo bastante adelante como para que Claire pudiera verle la cara. Se giró y miró por encima del hombre. Cuando volvió la mirada al frente, su rostro transmitía pura determinación. Alzó su paleta.

–¡Seiscientos! –anunció Rudy–. ¿Alguien da sete…? –antes de que acabara la pregunta, se vio la paleta del fondo–. ¡Setecientos! ¿Ochocientos? ¡Ochocientos!

A partir de ese momento la puja se aceleró hasta lograr que a Claire le diera vueltas la cabeza: mil, mil quinientos, dos mil, cinco mil.

Un silencio cargado cayó sobre la sala. Las cabezas de los presentes giraban de un postor a otro, y Claire intuyó que aquella guerra de apuestas no tenía que ver con ella, sino con la rivalidad entre aquellos dos hombres. Un conflicto del pasado estaba dirimiéndose ante todo el pueblo, y ella era el premio.

Saberlo le aceleró el pulso y le cortó la respiración. Sólo había una persona a la que Vic consideraba su adversario.

Pero no podía tratarse de Matt. Nunca pagaría por salir con ella ni diez ni, desde luego, diez mil dólares, que era la cifra que Vic acababa de dar.

Sintió una opresión en el pecho. Era una cantidad disparatada. El otro pujador debió de pensar lo mismo porque su paleta no se movió. Transcurrió un segundo que a Claire se le hizo eterno. Seguido de otro, y de otro.

A su lado, Rudy no dejaba de cantar sus virtudes intentado animar la puja. Pero la paleta permaneció inmóvil.

–¿Vas a perder esta oportunidad, muchacho? –insistió Rudy.

Claire no vio si el hombre hacia algún gesto.

Rudy continuó:

–Vic Ballard la consigue por diez mil dólares a la una; diez mil dólares a las dos.

–Veinte mil –dijo el hombre de la parte de atrás, pronunciando una cifra que nadie sería capaz de superar.

Y al hacerlo, se puso en pie y avanzó hacia delante desde la sombra.

Llevaba un esmoquin que parecía hecho a medida para su cuerpo alto y fibroso. Aunque llevaba el cabello recortado en lugar de una despeinada melena, Claire lo reconoció al instante, y no sólo porque su imagen apareciera a menudo en las revistas del corazón, sino porque hiciera lo que hiciera con su cabello o con su forma de vestir, habría reconocido a Matt Ballard cuando y donde fuera.

Capítulo Dos

La mañana siguiente a la gala benéfica, Claire se despertó con el recuerdo de su huida del escenario cuando Rudy golpeó el martillo dando la subasta por concluida. No había podido soportar enfrentarse al atónito silencio y a la curiosidad del público.

Al llegar a su casa, había cerrado la puerta con llave, había desconectado el móvil y se había metido en la cama. Sin embargo, apenas había pegado ojo y por primera vez desde que comprara a su tía abuela Doris Ann el Cutie Pies, se alegró de tener que levantarse a las cuatro para ir a preparar la masa de los donuts.

Tras la batalla de la noche anterior entre los Ballards, todo el pueblo estaría preguntándose qué tenía de especial Claire Caldiera para espolear la antigua rivalidad entre Vic y Matt, y sospechaba que algunos de ellos se pasarían por el local para intentar averiguarlo en persona, así que al menos podía intentar venderles unos donuts.

Cutie Pies era una cafetería clásica de los años cincuenta, con mesas de formica roja mirando a la calle y taburetes de acero inoxidable con asientos de cuero en la barra. Desde la barra, la cocina era visible a través de un gran vano, por el que Claire podía ver el local mientras cocinaba.

Nada más llegar había encendido la radio, y de

no ser por los focos de algún coche ocasional, parecía ser el único habitante del planeta. Mientras removía la masa y tarareaba una canción, intentó convencerse de que su vida no se había visto trastocada en las últimas veinticuatro horas.

De hecho, llegó a creer que lo sucedido en la subasta tampoco era tan importante y que sólo la obligaba a salir una noche con un hombre. Al que odiaba. Aunque en realidad, tampoco lo odiaba. Lo único que pasaba era que prefería no volver a verlo en su vida.

Era el primer hombre al que había confiado su corazón y él lo había hecho añicos. Representaba cada una de las decisiones erróneas que había tomado en su vida. Cada error, cada sacrificio. Con sólo verlo acudían a su mente todos los caminos que debía haber evitado. Y en aquel momento lo último que necesitaba era recriminarse su pasado.

Removió enérgicamente la masa de los donuts con la espátula, metió el dedo y la probó mientras analizaba las opciones que se le presentaban: la primera era apretar los dientes y aguantarse; la segunda, contratar a un matón para que acabara con Matt Ballard; la tercera, hacer la maleta y huir de Palo Verde.

La tercera era la más tentadora.

Volvió a probar la masa. Estaba sosa. Cutie Pie llevaba vendiendo los mismos donuts de chocolate desde hacía treinta años. Quizá había llegado la hora de introducir algunas variaciones. Dejándose llevar por un espíritu rebelde, Claire sacó de la despensa un frasco de cayena. Estaba segura de que sus clientes habituales lo odiarían, pero a ella le serviría para liberar parte de su ansiedad y para reprimir el impulso de escapar del pueblo, que era lo que habría querido hacer.

Sabía bien que huir formaba parte de su genética. Su padre, su madre y su hermana, habían huido siempre que las circunstancias se complicaban. Su padre había comenzado la tradición al abandonar a su madre cinco días después de que naciera la hermana de Claire, Courtney. Su madre había sido la siguiente unos años más tarde, desapareciendo regularmente durante largos periodos de tiempo. Cada vez que Claire le preguntaba por qué la dejaba con sus abuelos ella respondía cosas como: «Cariño, cuando amas a alguien debes darle libertad» o «Algunas personas son como tiburones y necesitan moverse para mantenerse vivos».

Incluso con ocho años, Claire había entendido perfectamente la metáfora. Los tiburones no eran malos ni buenos, sino que estaba en su naturaleza acabar con aquello que se interponía en su camino, incluso sus propias crías.

Con el tiempo, Courtney y ella formaron una unidad enfrentada al mundo. Aunque vivían con sus abuelos, sólo contaban la una con la otra y Claire creyó que siempre sería así. Pero al cumplir quince años, Courtney se quedó embarazada, huyó de casa de sus abuelos y se metió en una sucesión de problemas. Claire había hecho todo lo posible para ayudarla, pero cuando nació el bebé y fue adoptado, Courtney también huyó. Las últimas noticias que Claire tenía de ella era que vivía en Sacramento, a menos de una hora de Palo Verde, pero no parecía interesada ni en llamar ni en ir a visitarla.

Claire se había jurado hacía años que nunca sería ni como su hermana ni como su madre, y que no huiría de los problemas. Por eso la irritaba aún más que una simple velada con Matt Ballard le hiciera considerar esa posibilidad.

Matt había sido el primer hombre en decirle que la amaba y en demostrar que esas palabras no significaban nada. Por eso no debía sorprenderle que la hubiera usado como excusa para irritar a su hermano, y no tenía sentido que ella estuviera considerando la posibilidad de cambiar su vida sólo por no quedar con él una noche.

Para cuando acabó de freír el último donut y se preparaba para glasearlos, había tomado una decisión: saldría con Matt Ballard aunque ello sólo contribuyera a aumentar el rencor que sentía hacia él.

Al mismo tiempo que llegaba a esa conclusión, se arrepintió de no haber puesto más cayena en los donuts, o incluso un poco de salsa picante.

Una mirada hacia el exterior le anunció que había amanecido y, de no haber estado tan furiosa, habría salido al exterior a contemplar la salida del sol tras las montañas.

Justo en ese momento, pasó un coche que iluminó momentáneamente a otro que estaba aparcado delante de la cafetería.

Claire lo observó con la cabeza ladeada para intentar verlo mejor. Cuando había llegado no estaba allí. Tener que estar en pie a las cuatro para hacer donuts era su cruz, pero no comprendía que hubiera un idiota que se levantara a esa hora si no era por obligación. ¿De quién podía tratarse?

Más que inquietarla, el coche desconocido despertó su curiosidad. Había vivido casi toda su vida en Palo Verde, donde el índice de criminalidad era prácticamente inexistente, aparte de algunas gamberradas o actos de vandalismo de adolescentes. Lo que estaba claro era que aquel aerodinámico y lujoso coche no podía pertenecer a un joven.

Una mirada al reloj le confirmó que era demasiado pronto para que se tratara de Jazz, su pinche de cocina; y desde luego, era demasiado temprano para que Olga o Molly, sus camareras, se presentaran. Las encantadoras jovencitas universitarias siempre llegaban en el último momento. Además, aparcaban en la parte de atrás.

Por otro lado, Claire no conocía a nadie en el pueblo con un coche tan caro ni tan ostentoso como aquél.

—Nooooo —dijo en alto.

Dejó la batidora en el cuenco y limpiándose las manos en el delantal, se ayudó con los hombros para abrir las puertas batientes que separaban la cocina del comedor. Ya fuera, puso los brazos en jarra y observó el coche con más detenimiento. Su sospecha se vio confirmada. El idiota era Matt Ballard.

Matt Ballard estaba sentado en su Lamborghini mirando la ventana de Cutie Pies, observando desde hacía un buen rato a Claire. Ni siquiera sabía por qué lo estaba haciendo, pero tras pasar la noche en vela en el hotel donde había reservado una habitación, había decidido dar una vuelta por el pueblo. Había tomado la dirección de Main y por la autopista había llegado a Cutie Pies. Apenas había sido consciente de haber detenido el coche frente al local.

Eso había sucedido antes de las cinco de la mañana y en un principio había asumido que las luces que se veían en el interior eran de seguridad, pero pronto había observado movimientos en la cocina y se había dado cuenta de que se trataba de Claire.

Como era lógico, debía de estar preparando los donuts y tartas que habían hecho famosa a la cafetería. Alguien tenía que trabajar desde muy temprano para alimentar a los clientes que empezarían a aparecer a las seis de la mañana, por más que a Matt le costara asimilar que esa persona fuera Claire.

Quizá por eso había permanecido en el coche tanto tiempo, porque le costaba pensar en ella como una mujer de negocios que se levantara antes de las cinco.

La Claire que él había conocido dormía hasta pasadas las diez y soñaba con diseñar ropa en Nueva York. Le encantaba la música punk inglesa y llevaba piercings en las orejas.

¿Cómo podía conciliar esa imagen con la dueña de la cafetería del pueblo?

Esa contradicción espoleaba su curiosidad. Por eso estaba allí, sentado, esforzándose por atisbar su figura al verla salir de la cocina y acercarse al ventanal.

Aun así, era consciente de que no se trataba de una buena idea. De hecho, permanecer en el exterior de un negocio espiando a alguien tenía algo de siniestro. Y aún más de patético.

Claire siempre había tenido ese efecto en él. Durante las semanas que habían salido, había conseguido sacar lo mejor y lo peor de él, convirtiéndolo en alguien errático e impulsivo.

Su comportamiento de la noche anterior era un buen ejemplo. ¿Por qué habría pujado por ella? ¿Cómo se había dejado llevar hasta tal extremo de irracionalidad? La razón no podía ser que quisiera salir con ella puesto que en el fondo no tenía el menor deseo de volver a verla.

Lo que significaba que debía dar marcha atrás, abandonar el pueblo y renunciar a su cita con Claire.

Tenía ya la mano en la llave de contacto cuando la vio detenerse ante la ventana y mirar al exterior como si lo hubiera visto.

Aunque era imposible que lo viera cuando estaba en una habitación iluminada mirando al oscuro exterior, Matt tuvo la intuición de que Claire sabía que estaba allí. Y esa intuición se vio confirmada cuando Claire se apartó de la ventana y apareció en la puerta, con los brazos en jarras, mirando directamente hacia él. Cuando vio que abría la puerta, Matt supo que el encuentro era inevitable, y se bajó del coche.

Claire llevaba vaqueros y una camiseta rosa con la imagen de una tarta que guiñaba un ojo y Cutie Pies bordado en el hombro derecho. Llevaba atado un delantal blanco a la cintura del que colgaba un paño de cocina. El cabello, retirado en una cola de caballo, dejaba al descubierto su rostro carente de todo maquillaje. En conjunto, estaba más atractiva que cualquier otra mujer a las cinco y media de la mañana.

Nunca se había tratado de una belleza conven-

21

cional. Tenía la barbilla un poco afilada y una nariz más bien ancha; su boca era un poco desigual, con un labio superior normal y uno inferior extremadamente sensual. Su rostro era más interesante que hermoso; el tipo de cara que uno podía pasarse horas observando; y unos ojos en los que uno podía perderse, inteligentes y amables a un tiempo.

Al menos habitualmente, ya que en aquel momento lo observaban con abierta animosidad.

—¿Se puede saber qué estás haciendo? —preguntó, bloqueándole la entrada con gesto beligerante.

Matt sintió un instantáneo dolor en el pecho que quiso atribuir a cualquier motivo antes que reconocer que se trataba de una emoción provocada por ella.

Habría dado cualquier cosa por no encontrarla tan atractiva, y por no recordar las sensaciones que había despertado en él besarla, la calidez con la que siempre se refugiaba en sus brazos, la forma en que su cuerpo temblaba bajo sus manos.

¿Por qué, si desde entonces había salido con cientos de mujeres, no recordaba nada de ellas, mientras que recordaba el perfume de la piel de Claire como si hubiera apoyado su cabeza en su almohada aquella misma noche?

Habría querido borrar aquellas sensaciones de su cuerpo, arrancarlas de su alma. Su instinto le decía que lo mejor que podía hacer era dar media vuelta y marcharse.

Como si percibiera su indecisión, Claire volvió al interior del local.

—Tengo que glasear unos donuts, así que, si vas a irte, vete. Si vas a entrar, cierra la puerta con llave.

Un hombre más sabio que él se habría marchado, y Matt siempre se había considerado inteligente. Sin embargo, la siguió y echó la llave.

Claire alzó la vista al ver que la seguía a la cocina.

—Hola, Claire.

—Sea lo que sea lo que has venido a decirme, tendrás que hacerlo mientras trabajo —dijo ella con una brocha en una mano y gesto de contrariedad en el rostro—. Si no glaseo los donuts en unos minutos después de freírlos, el glaseado no se fija.

A Matt le desconcertó que mantuviera el tono brusco e impersonal.

—Venga, no seas así.

—¿Así? ¿Cómo? —preguntó ella con expresión atónita—. ¿Cómo se supone que debo actuar?

—Anoche no tuvimos la oportunidad de charlar.

—¿Y es a eso a lo que has venido? ¿Para qué hablemos de los viejos tiempos a las cinco de la mañana?

Puesto que esa opción sonaba menos patética que: «No he podido resistir la tentación de venir a verte trabajar», Matt asintió.

—Así es.

—Muy bien —dijo Claire, pero con movimientos bruscos hundió la brocha en una mezcla azucarada y empezó a pintar los donuts—. ¿Qué tal te ha ido? ¿Estás contento con los millones que has amasado?

—¿Qué?

—Supongo que es una grosería preguntar por tu dinero —Claire volvió a untar la brocha y siguió con la siguiente fila de donuts—. Está bien, a ver si esto te parece mejor. ¿Qué tal es el clima de la Bahía? He oído que los veranos son muy fríos.

—Deja de hacer eso.

–¿El qué?

–Hablar sobre el tiempo. No estoy aquí para eso.

Claire se quedó con la brocha en el aire. Inclinó la cabeza hacia delante y por un instante se quedó completamente inmóvil. Cuando la alzó, Matt vio en su rostro una mezcla de tristeza y de irritación.

–Lo siento Matt –dijo tras sacudir la cabeza–, pero no creo que estemos en condiciones de mantener una conversación seria, así que sólo nos queda hablar de trivialidades.

–Estás enfadada –comentó él.

Darse cuenta de que probablemente era la única persona capaz de ver tras la máscara y reconocer su rabia contenida lo inquietó. ¿Qué sentido tenía que la conociera tan profundamente?

Claire siguió mirándolo con ojos encendidos.

–¿Eso crees?

–Puede que me esté perdiendo algo –Matt metió las manos en los bolsillos–, pero desde mi punto de vista, no tienes ningún motivo para estar enfadada conmigo.

–No me extraña. Has salido con tantas mujeres que dudo que me recuerdes –dijo ella como si hablara con una persona con dificultades de comprensión–. Puedo ayudarte. Me llamo Claire y salimos durante seis semanas en 1998. Ya sé que fue muy poco tiempo, pero…

–Claro que me acuerdo, Claire –la interrumpió él en un tono mucho más emotivo de lo que hubiera deseado.

–Me alegro, porque anoche no tuve la sensación de que me reconocieras mientras pujabas por mí.

Su actitud acabó por molestar a Matt. Alargó la

mano y, tomándola por la barbilla, la obligó a mirarlo.

–Deja de comportarte como la víctima cuando fuiste tú quien me dejó, Claire.

–Claro que sí. Pero… –Claire calló bruscamente, dejó caer la brocha y se cubrió el rostro con las manos.

Por un instante, Matt creyó que lloraba. Pero entonces ella alzó el rostro y lo miró con resentimiento.

–Tienes razón, no estoy enfadada por lo que sucedió entonces. No tengo motivos para estarlo, ¿verdad? –emitió un sonido parecido a una carcajada–. ¿Quieres decir que lo de anoche fue tu manera de vengarte de mí?

–¿Por qué iba a querer vengarme?

–Explícamelo tú ya que eres tan listo.

Y sin más, Claire volvió a glasear los donuts.

¿De verdad creía que eso era lo que pasaba, que estaba tan herido porque lo había dejado años atrás que aún quería vengarse? ¡Menuda tontería!

Matt se colocó frente a ella al otro lado de la superficie en la que estaba trabajando y la sujetó por la muñeca para que se detuviera.

–No aposté por venganza, sino para hacerte un favor –dijo, sonriendo, para demostrarle lo poco que le importaba.

Pero Claire no lo miraba a la cara, sino que mantenía la mirada fija en la muñeca, donde descansaban sus dedos. Matt notó su pulso acelerado por debajo de la piel. Tomó aire y le golpeó el aroma de Claire, una mezcla de su olor personal, de masa fresca y de azúcar.

La combinación actuó en él como una poderosa droga, aunque nunca las hubiera probado. Él sólo tenía dos vicios: el orgullo y Claire. Pero suponía que así era como se sentían los drogadictos. Llevaba doce años limpio, sin haberse acercado a Claire, y no estaba dispuesto a recaer.

Pero lo que más ansiaba en aquel momento era volver a tomar una dosis, y más aún al ver sus ojos verdes brillar de ira y su pecho ascender y descender al ritmo de su agitada respiración. Dejó caer la mano al mismo tiempo que ella tiraba del brazo para liberarse.

–Hacer un favor es cuidar el perro de alguien que se va de viaje –Claire se frotó la muñeca contra el delantal como si quisiera borrar su huella–, o llevarle a un enfermo una sopa caliente. ¿En qué mundo se consideraría un favor apostar veinte mil dólares por una cita? ¿En qué estabas pensando?

Matt puso los brazos en jarras decidido a que Claire no notara cuánto le había alterado tocarla.

–¿Que en qué estaba pensado? En que la biblioteca necesitaba el dinero y que a mí no me iría mal una desgravación de impuestos. Ah, y qué quizá me agradecerías que te librara de mi hermano, al que nunca has tenido ningún aprecio desde que te intentó manosear en una fiesta.

Claire entornó los ojos al tiempo que blandía la brocha como si fuera un florete.

–Resulta que llevo defendiéndome yo solita de hombres como él desde que cumplí trece años con una talla cien de sujetador. Tu hermano no me da ningún miedo.

Matt se balanceó sobre los talones sin poder evitar sonreír con superioridad al haber conseguido sacarla de sus casillas.

–¿Y en cambio te da miedo pasar un rato conmigo?

Claire parpadeó desconcertada, pero reaccionó al instante dejando escapar una risotada que sonó más nerviosa que divertida.

–Se ve que salir con tanta modelo te ha ablandado el cerebro. Deben de pasarse el día alimentándote el ego para que abras la cartera. Pero no olvides que yo te conocí antes de que te hicieras multimillonario –plantó las manos en la encimera y se inclinó hacia delante en actitud amenazadora–. Te aseguro que puedo aguantar una cita contigo sin ningún problema. Lo que no soportaría serían los meses de cotilleo que la seguirían una vez te hayas marchado. La cita en sí no me resulta más que una molestia.

Matt sintió que se le borraba la sonrisa. Claire siempre había tenido la capacidad de herirle.

–Entonces te alegrará saber que no tengo la menor intención de quedar contigo.

La brocha se deslizó de los dedos de Claire y cayó ruidosamente sobre la encimera.

–¿Me tomas el pelo?

–No te preocupes. Ya he rellenado el cheque para la biblioteca. Pero puesto que no queremos vernos, no tiene sentido que nos sacrifiquemos.

–¡Claro, para ti es fácil decirlo! –Claire se pasó la mano por el cabello–. ¿Después de un montón de años pasas por aquí para utilizarme en una competición con tu hermano, consigues que todo el mundo hable de ello y ahora te echas atrás? ¿Te has vuelto loco?

27

Matt no lograba seguir su razonamiento.

–Tú has sido la primera en decir que no querías salir conmigo.

–Desde luego que no quiero, pero saldría si tú… –Claire calló bruscamente y frunciendo el ceño, añadió–: ¿Sabes lo que te digo? Que claro que vas a quedar conmigo. Tú me has metido en este lío y lo menos que puedes hacer es tener la decencia de llevarlo hasta el final.

–Has dicho que no querías aguantar los rumores.

–Y es verdad. Pero tampoco quiero sufrir la humillación de que todo el mundo sepa que sólo te molestaste en pujar por mí por tu legendaria rivalidad con tu hermano.

–A ver si te entiendo correctamente –dijo Matt–: ¿Primero me amonestas por haber pujado por ti, luego me censuras por las mujeres con las que salgo y ahora insistes en que salga contigo? ¿Tanto has enloquecido en los últimos doce años?

Claire lo miró con ojos entornados y Matt supo que estaba calculando la mejor manera de ganar su argumento.

–Lo bastante.

–¿Lo bastante como para qué?

–Como para ir en tu busca y hacer de tu vida un infierno si no cumples con tu parte de esta estúpida subasta –Claire empezó a señalar punto por punto–. Tiene que ser una cita discreta pero lo bastante pública como para que el pueblo se entere. Y no quiero que incluya ni romance ni drama.

Matt sonrió con malicia.

–Suena a la cita ideal.

Era una lástima que no pensara cumplir las condiciones. Estaba harto de que Claire creyera que tenía el mando. No tenía ni idea del tipo de hombre al que se había acostumbrado en Palo Verde, pero él no aceptaba órdenes de nadie.

Al proporcionarle una lista de exigencias, le había dado la llave para saber exactamente cómo irritarla. Pensaba organizar la noche más romántica que Claire pudiera imaginar.

Capítulo Tres

–He oído que va a llevarte en avión a algún lugar exótico –dijo Olga con ojos chispeantes de emoción.

–¡Qué romántico! –dijo Molly, suspirando.

Claire reprimió a duras penas una risa sarcástica. Molly y Olga, sus camareras eran tan… jóvenes, tan ingenuas respecto a la naturaleza del ser humano. ¿Habría sido ella tan inocente alguna vez? Lo dudaba. ¿Cómo iba a serlo si siempre había vivido sometida a la presión de sus abuelos y había tenido que luchar contra sus sentimientos de rencor?

Pero en algún momento había sido tan joven como ellas. Por un breve período en el que había conocido a Matt. El único momento de su vida en el que había estado llena de esperanza y optimismo. Un período en el que creyó que podría conseguir todo aquello que se propusiera y a lo que nunca se había atrevido a aspirar. Sólo entonces había sido tan joven como en ese momento lo eran Molly y Olga.

Estaban una al lado de la otra, acodadas en la barra y hablando con el rostro iluminado.

–Seguro que cenamos en Palo Alto.

–¿Dónde? –preguntó Molly.

–Palo Alto –contestó Olga por Claire–. Un pueblo cerca de San Francisco que se supone que es el epicentro de la intelectualidad de California.

–Dudo que la gente de Berkeley esté de acuerdo

con esa opinión –dijo Claire, pasando un paño por la barra.

Olga siguió hablando sin tener en cuenta su comentario.

–Y es donde están las oficinas centrales de FMJ.

Molly se cruzó de brazos manifestando su irritación con que Olga le diera lecciones.

–Suena de lo más aburrido.

–No lo creas –le aseguró Olga–. Comparado con Palo Verde cualquier sitio es interesante.

Las dos chicas rieron. Palo Verde era una comunidad agrícola, cuyo único interés eran algunos edificios históricos, y que no ofrecía ningún entretenimiento para dos mujeres jóvenes.

Quizá por eso Claire les dejó seguir especulando sobre su cita. Ella sabía bien lo frustrante que resultaba ser joven en un pueblo que se quedaba pequeño para la realización de los sueños personales.

Así que, en lugar de recordarles que debían poner las mesas, sacó una pila de servilletas rosas y ella misma tomó la bandeja con la cubertería.

–Seguro que la lleva a cenar a Los Ángeles.

–¡O a México!

–¿Te acuerdas del episodio de *Friends* en el que Pete llevaba a Monica a Italia a tomar pizza? ¡Seguro que hace algo así!

–No puede –dijo Molly–. Para eso Claire tendría que tener su pasaporte.

–También para ir a México –señaló Olga.

Las dos miraron a Claire.

–¿Te ha pedido que lleves el pasaporte?

–No. No me ha dicho nada sobre la cita.

Durante la semana y media que había transcurrido desde la subasta, Claire no había mantenido ningún contacto con Matt. El día anterior había recibido una llamada de una tal Wendy, de FMJ, anunciándole que el sábado la recogería una limusina a las seis y que tenía una reserva en un hotel, por lo que debía llevar una bolsa de noche. Claire quiso decirle a Matt lo que pensaba de esa instrucción, pero Wendy se había negado a pasarle la llamada. Después de colgar, Claire había conseguido el número de las oficinas y había preguntado por Matt, pero le habían pasado nuevamente con Wendy.

Apretó los dientes para no pensar en ello y siguió trabajando. Desplegó una servilleta, colocó sobre ella un tenedor, un cuchillo y una cuchara, y la enrolló. A veces le sentaba bien concentrarse en actividades mecánicas para olvidar que la vida no había salido tal y como había planeado, o que había tenido que renunciar a sus sueños. Servilleta, tenedor, cuchillo, cuchara, enrollar.

—Así que lo único que sabes es que te va a llevar en avión a pasar la noche en alguna parte.

Las dos chicas volvieron a suspirar.

—¡Qué romántico!

—¡No tiene nada de romántico! —exclamó Claire, perdiendo la paciencia—. Romántico es que Rick Blaine se despida de Ilsa Lund en *Casablanca* porque dejarla marchar es la única manera de preservar su amor. O Harry recorriendo Nueva York en Nochevieja porque se ha dado cuenta de que ama a Sally y que quiere pasar el resto de su vida con ella. Que un tipo que es millonario esté dispuesto a gastar una fortuna para fanfarronear no tiene nada de romántico. Es puro ego.

Molly y Olga se miraron como si se hubiera vuelto loca.

–Que intente impresionarte es muy romántico –dijo Olga.

–No es eso lo que pretende –replicó Claire.

Matt sabía que quería que la cita fuera discreta, así que lo que se proponía era torturarla.

Molly sacudió la cabeza y, bajando la voz, dijo:

–¡Cómo va a saberlo si no sale con nadie hace años!

–Al menos desde que yo la conozco –contestó Olga.

Claire las ignoró. Servilleta, tenedor, cuchillo, cuchara, enrollar.

Aun así no podía negar que en parte tenían razón. Pero aunque su única relación mínimamente seria había sido la de Matt y el resultado había sido el que había sido, no estaba completamente cerrada al amor.

–Os puedo asegurar –desplegó una nueva servilleta–, que no pretende ser romántico –colocó un tenedor–. Sólo quiere desplegar su riqueza –puso un cuchillo con brusquedad–. Demostrar que tiene dinero y que puede desperdiciarlo. Matt Ballard, como el resto de su familia, cree que el dinero puede conseguirlo todo –con un profundo suspiro, centró la cuchara, dobló las esquinas y enrolló la servilleta–. Y eso no tiene nada de romántico.

Molly sacudió la cabeza.

–Claire, tienes que airearte más.

–¡Desde luego! –dijo Olga con vehemencia–. ¿Por qué no disfrutar de que un hombre rico quiera gastarse una fortuna contigo?

Claire puso a un lado el último paquete rosa y, tomando el único tenedor que quedaba sobre la bandeja pasó los dedos por una parte áspera del mango. Como todo lo demás en aquella cafetería, aquel tenedor estaba viejo y gastado. Sin embargo, Claire no se decidía a tirarlo porque tendía a establecer un vínculo emocional con todos los objetos. En lugar de devolverlo a la bandeja, se lo guardó en el bolsillo del delantal.

¿Que por qué no podía disfrutar de la cita con Matt Ballard tal y como sugerían las chicas? Porque era el demonio reencarnado, porque era un cínico mentiroso, porque despreciaba todo aquello que ella valoraba, como el trabajo, la honestidad, la familia.

Pero como no iba a convencerlas, se sirvió una taza de café al que añadió nata y azúcar y se sentó en el taburete de la esquina. No volvió a levantar la vista hasta que, como si fuera el timbre que daba la conversación por terminada, se oyó la campanilla de la puerta de la cafetería y las chicas salieron a cumplir con su trabajo. Ella fue a llevar un menú a los Walsteads.

–Hola, Steve. Shelby –saludó a los dos adultos. Luego despeinó al pequeño que se sentaba junto a su madre–. ¿Hola, jovencito, cómo estás?

El niño esquivó su mano aunque sonrió afectuosamente.

–Bien.

–Vale, vale. Ya sé que eres demasiado mayor para estas cosas –dijo Claire.

Shelby le sonrió.

–Yo tampoco consigo hacerme a la idea –comentó, haciendo cosquillas a su hijo adoptivo.

34

–¿Qué queréis beber? –preguntó Claire, divertida y emocionada por el cálido intercambio entre Kyle y sus padres.

Steve y Shelby pidieron una soda y accedieron a que Kyle pidiera un batido.

–Ahora mismo vuelvo –dijo Claire, anotando la comanda.

Kyle le dedicó una sonrisa espléndida como si quisiera disculparse por haber esquivado su mano. Pero a Claire no le había importado nada porque sabía bien lo que era tener once años y estar en esa tierra de nadie entre la infancia y la adolescencia.

Observando a Kyle interactuar con sus padres, recuperó una calma que había perdido desde que Matt volviera a irrumpir en su vida. Quizá no era ni tan joven ni tan inocente como en el pasado, pero no debía olvidar que se sentía satisfecha con su vida y con las decisiones que había tomado. Kyle tenía unos padres que lo amaban, era feliz y tenía una vida confortable. Ella había sacrificado su relación con Matt para que Kyle tuviera todo eso.

Tomar aquella decisión no había resultado nada fácil, pero en retrospectiva, Claire estaba satisfecha. Desde el día en el que había dejado a Matt, había descubierto algo muy importante: el Matt Ballard del que se había enamorado no existía en la realidad; no era más que producto de su imaginación.

Ella no habría podido amar a un hombre capaz de ignorar a un niño como Kyle porque le resultaba una molestia. Y eso era precisamente lo que Matt Ballard había hecho. Así que, gastara el dinero que gastara en impresionarla, Claire estaba decidida a no olvidar todas las razones por las que despreciaba a Matt.

Cuando dejó el batido delante de Kyle y éste lo miró con los ojos caramelo que tanto recordaban a los de Matt, sintió una punzada de melancolía. Darlo a luz cuando sólo tenía dieciséis años casi había destrozado la vida de Courtney. Cuando Claire se enteró de que su hermana estaba embarazada, dejó los estudios para poder cuidar de ella. Por la misma razón, y para proteger a su sobrino, había dejado a Matt. Al final su decisión había salvado a su hermana, pero había significado el final de su relación con Matt. Courtney, por su parte, no la había llamado desde hacía años. Nunca había conseguido asimilar que Claire quisiera mantener el contacto con Kyle y su familia. Pero Claire se sentía afortunada de que los Walsdtead le dejaran ejercer de tía de su sobrino.

Por muy extraño que fuera, Claire se sentía más cerca de los Walstead que de su propia hermana. Podía comprender que Courtney se sintiera incómoda con la idea de relacionarse con los Walstead y que le resultara doloroso ver al hijo que nunca había deseado y que había dejado dar en adopción. Pero en cambio le resultaba incomprensible la forma en que los Ballards trataban a Kyle y a sus padres. Vic y Kyle se parecían tanto que era imposible negar que fueran padre e hijo, pero todos ellos preferían ignorarlo.

Claire siempre había considerado a Vic un canalla. Había dejado embarazada a Courtney cuando tenía veinte años. Su comportamiento no había sido sólo deshonesto, sino criminal, aunque nunca hubiera sido detenido por ello. Palo Alto era un pueblo pequeño y los Ballard eran lo bastante ricos como para esconder sus cadáveres en un armario bien custodiado.

Afortunadamente, Kyle era feliz, y eso era lo que importaba.

Ella lo quería como a su propio hijo, pero a veces le hacía sentir nostalgia por los hijos que nunca tendría y en ocasiones se preguntara si habrían tenido el mismo aspecto que Matt, con sus ojos y su cabello castaño.

Le sonrió esforzándose por ocultar sus melancólicos pensamientos y él sonrió a su vez.

—Gracias, tía Claire.

Para cuando llegó el día de su cita, Claire seguía sin saber cuáles eran los planes de Matt, excepto lo que sabía todo el mundo: que tenía un avión preparado en el aeropuerto más próximo.

En una ocasión, cuando todavía seguía todas las noticias relacionadas con él, había leído que tenía una avioneta y asumió que sería en ella en la que volarían. Pero cuando llegó a la pista descubrió un jet, moderno y grande, la viva imagen de un estilo de vida privilegiado.

Era de esperar que mientras que ella todavía no había conseguido pagar su viejo coche, el acaudalado Matt tuviera un avión privado.

Cuando bajó de la limusina vio que Matt la esperaba. Elegantemente vestido y con gafas de sol, parecía James Bond.

Al verla, él se quitó las gafas y la estudió detenidamente. Si su aspecto lo desilusionó, consiguió ocultarlo

Claire poseía sólo tres vestidos casi tan viejos como su coche. Había tomado prestado a Olga el conjunto que llevaba: unos pantalones de pierna ancha de seda y un top con pedrería y chal a juego, de color chocolate.

El chófer de la limusina tomó su bolsa de viaje y la llevó al avión. Claire se había debatido sobre la decisión de llevar o no una bolsa de viaje porque ni quería que Matt creyera que podía darle órdenes ni, mucho menos, que pensara que estaba dispuesta a acostarse con él. En el último momento había tomado una vieja bolsa y había metido en ella algunas cosas.

En aquel momento, le inquietó notar la expresión posesiva con la que Matt la observaba y tuvo que reprimir el impulso de secarse el sudor de las manos en los pantalones.

–No sabía qué ponerme –dijo, arrepintiéndose al instante de sonar tan insegura–. No me habías dicho qué íbamos a hacer.

Matt esbozó una sonrisa.

–Estás perfecta.

Claire sintió un nudo en el estómago y apretó los dientes. No quería que Matt le hiciera sentirse nerviosa ni que creyera que podía subyugarla con halagos.

–Supongo que el avión es tuyo –dijo con desdén.

Matt fingió sorprenderse.

–¿Cómo lo has adivinado?

Claire señaló el nombre dibujado en la cola.

–*El cuervo*. ¿No era el…? –calló bruscamente–. Si no recuerdo mal, te encantaba ese poema de Poe.

Pero Matt había adivinado lo que iba a decir. Dio un paso hacia ella y dijo:

–*El cuervo* era el nombre de la pila de níquel e hidrógeno que FMJ desarrolló cuando establecimos la empresa.

Súbitamente Claire fue consciente de lo alto que era. Había dado el estirón tarde, ya en la facultad, y cuando salían juntos apenas le llevaba sólo unos centímetros. ¿Habría crecido o sólo se trataba de que sus hombros eran mucho más anchos? En cualquier caso, se sintió diminuta por comparación.

Y su proximidad le incomodaba porque estaba segura de que le permitía leer sus pensamientos en su mirada. Se humedeció los labios con un gesto nervioso y se arrepintió de hacerlo en cuanto notó que Matt seguía el movimiento de su lengua como si fuera un gesto dirigido a seducirlo.

–Debo de haber leído algo en los periódicos.

La pila de níquel e hidrógeno había proporcionado a Matt y a su compañía una docena de patentes y le había hecho millonario. Y si ella lo sabía era porque durante años había seguido su carrera compulsivamente.

Matt sonrió y metió las manos en los bolsillos.

–Tienes que haber leído unos artículos muy especializados para conocer ese proyecto.

Claire apretó los dientes.

–Puede que alguien me lo contara.

–¿Y lo recuerdas después de tantos años? Claire, no sabía que todavía te importara.

–Porque no me importas.

–Lo reconozcas o no, es evidente que no has podido enterrar la fascinación que sentías por mí.

–Qué quieres que te diga. Uno no puede evitar rascarse la picadura de un mosquito.

Matt echó la cabeza hacia atrás y dejó escapar una sonora carcajada, y a Claire le desconcertó que, en lugar de irritarlo, su analogía le hiciera reír.

–¿Piensas llevarme a algún sitio en el avión o sólo lo has traído para pavonearte?

–Vamos a San Francisco, pero tenemos que esperar un momento.

Claire fue a preguntarle por qué no la llevaba a Palo Alto, pero se mordió la lengua para no demostrar mayor interés. Palo Alto era donde se habían enamorado, y si Matt no pretendía hacérselo recordar, no sería ella quien lo mencionara. Así que hizo otra pregunta obvia:

–¿A qué esperamos?

En ese preciso momento se acercó un coche por la pista. En cuanto reconoció a la conductora del Toyota se volvió hacia Matt con expresión airada.

–Espero que estés bromeando.

Matt se limitó a sonreír y a abrir la puerta del coche, del que bajó Bella, la entusiasta e irritante reportera del periódico local.

–Muchísimas gracias por haberme llamado –dijo calurosamente, al tiempo que se colgaba la cámara al cuello.

–De nada –respondió Matt, dedicándole una arrebatadora sonrisa.

Claire sintió que se le revolvía el estómago. ¿Cómo era capaz de manipularla tan abiertamente?

–Matt, estás haciendo que pierda el tiempo. A nadie le va a interesar nuestra cita.

–¡Claro que sí! –dijo ella, pletórica–. Todo el mundo quiere saber por qué… Todos quieren saber adónde vais a ir –concluyó la joven, mirando a Matt con idolatría–. Seguro que has planeado algo realmente especial.

Claire evitó poner los ojos en blanco, aunque Bella estaba tan concentrada en Matt y él en ella, que ninguno de los dos lo habría notado. ¿Cuándo se habría transformado en un playboy? El chico que ella había conocido era directo, casi brusco.

Aunque lo hubiera negado, era cierto que seguía los cotilleos que se publicaban sobre él y sabía el tipo de mujeres con las que salía, pero era muy distinto leerlo en los periódicos que verlo en acción.

–¿Por qué no posáis delante del avión para que tome un par de fotografías? –dijo Bella, haciendo una señal para que se acercaran el uno al otro al tiempo que retrocedía–. Más cerca.

Matt se situó detrás de Claire, apoyando una mano entre sus omóplatos, y Claire sintió que su aroma le perturbaba los sentidos.

–Más cerca –insistió Bella, animosa–. Pásale el brazo por los hombros.

Matt obedeció al tiempo que susurraba al oído de Claire:

–Te juro que no lo había planeado.

–Te creo –replicó ella, consciente de que Bella no tenía ni idea de la tensión que había entre ellos. Ello no impedía que estuviera siendo un instrumento del diablo.

–Dime, Matt –dijo Bella mientras disparaba–. ¿Por qué pujaste tanto dinero por Claire?

–Puede que sea el amor de mi vida –dijo él, frotando la nariz contra su cabello.

El gesto, a pesar de estar cargado de sarcasmo, produjo un escalofrío en Claire, que se irritó consigo misma por la atracción que seguía sintiendo por él cuando lo conocía lo bastante bien como para saber que sólo una idiota caería en la misma trampa dos veces. Se vengó clavándole el codo, pero él le devolvió el castigo tomándole la mano y besándole los nudillos.

Ella retiró la mano bruscamente.

—Está bromeando, ¿verdad, Matt? —le clavó los dedos en las costillas—. Sólo somos viejos amigos.

—¿De verdad? —Bella alzó la mirada del visor con expresión de sorpresa—. Miré vuestras fichas del colegio y os lleváis tres años. Pensaba que no habríais coincidido.

—Nos conocimos en la universidad —masculló Claire.

—No sabía que hubieras ido a la universidad —comentó Bella con fingida inocencia.

—Sólo durante un semestre.

Bella dedicó una sonrisa luminosa a Matt por encima del hombro de Claire.

—Yo me gradué Cum Laude en Periodismo por la universidad de UCLA.

Hastiada de su actitud coqueta, Claire le sonrió con dulzura.

—El mercado de trabajo debe de estar verdaderamente mal para que hayas acabado de reportera en el semanal de Palo Verde.

La sonrisa de Bella se trasformó en un gesto de amargura y pareció entender el mensaje. Concluyó la entrevista con prontitud aunque no sin antes ofrecer a Matt enviarle una copia del artículo para su aprobación, si él le daba su dirección de correo.

Cuando él le sugirió que se la enviara a su secretaria, la periodista pareció decepcionada. Lanzó una mirada de desdén a Claire, y se marchó.

Claire no tuvo tiempo de disfrutar de su victoria,

porque en cuestión de segundos Matt la condujo al interior del avión. Nunca había estado dentro de un avión privado y no tenía ni idea de si lo habitual era que los confortables asientos fueran de cuero y que hubiera una barra de bar con taburetes giratorios.

–Es como estar en un programa de Robin Leach –dijo, retorciendo la correa del bolso entre los dedos.

–¿De quién?

–El programa *Ricos y famosos*. Mi abuela solía verlo todas las semanas –al ver la mirada impertérrita de Matt, preguntó–: ¿No lo has visto nunca? Pues es demasiado tarde, porque ahora vives en él.

Cuando creyó que no podría sentirse más incómoda, salió de la cabina una mujer con un elegante traje de chaqueta azul, tocada con un sombrerito cuadrado.

–Soy Melissa –le tendió la mano–. Su piloto.

–Ah –Claire miró hacia Matt, que preparaba unas copas en la barra–. Pensaba que… –dejó la frase en el aire.

Se sentía tan fuera de lugar que quizá lo mejor sería dejar de asumir nada.

–¿Que Matt pilotaría el avión? –preguntó Melissa–. Suele hacerlo cuando usa su otro avión.

–Claro –había sido una tontería suponer que sólo tenía uno. Quizá hasta tenía media docena.

–*El cuervo* es el avión de la compañía –explicó Melissa–. Ford y Kitty suelen usarlo para volar a Nueva York, pero ésta es la primera vez que Matt lo utiliza para una cita privada.

Claire no supo qué decir. Había asumido que el avión formaba parte de la estrategia de seducción de Matt, pero era evidente que se equivocaba, y que Melissa consideraba que para él aquella cita era muy especial.

Claire se limitó a sonreír.

–Si necesita algo, llámeme –y como si percibiera la ansiedad de Claire, añadió–: ¿Es la primera vez que vuela en un avión pequeño?

–Sí –dijo Claire, aliviada de tener una excusa para explicar su nerviosismo.

–Le va a encantar. No tiene nada que ver con los vuelos comerciales.

Pero Claire no podría establecer comparaciones porque, aunque no estaba dispuesta a admitirlo, era la primera vez que volaba en toda su vida.

Melissa tenía razón al decir que tendría una experiencia única. De lo que no estaba tan segura era de que fuera a encantarle.

Capítulo Cuatro

Matt tomó una botella de champán y un par de copas y volvió junto a Claire.

–Toma asiento. Estamos a punto de despegar.

Claire pareció vacilar, como si calculara las posibilidades que tenía de huir. A Matt le divertía que estuviera nerviosa porque le hacía sentirse más seguro que el día que se habían visto en Cutie Pies, donde la había encontrado demasiado agresiva como para poder sentirse cómodo.

Claire ocupó uno de los asientos. Unos segundos más tarde, el avión comenzó a moverse y se asió a los reposabrazos con gesto nervioso. Matt dejó la botella en una cubitera, sobre la mesa y le tendió una de las copas.

–Toma. Te ayudará a calmar los nervios.

–¡No estoy nerviosa! –dijo ella. Pero en ese momento el avión dio un salto al cerrarse el tren de aterrizaje y, contradiciendo sus palabras, bebió con ansiedad.

–Si quieres, puedo ponerte algo más fuerte para calmar tus *no-nervios*.

–No, gracias –dijo ella, lanzándole una mirada retadora–. Aunque haber elegido champán no es muy imaginativo, la verdad.

–Pensaba que con los años habrías desarrollado un paladar más sofisticado.

Cuando salían, Claire solía beber vino rosado porque era barato y suave. Por entonces, y por las mismas razones, él bebía cerveza.

Matt se sentó enfrente y le acercó un plato con queso y fruta que había sobre la mesa.

–Pruébalo con uvas. Es una combinación deliciosa.

Ignorando la sugerencia, Claire se inclinó hacia delante.

–Matt, ¿se puede saber a qué estás jugando?

–¿Qué quieres decir?

–El champán, la fruta, el avión privado… ¿No te parece un exceso cuando ya has pagado por esta cita veinte mil dólares?

–No me lo parece.

–Escucha, ya he comprendido el mensaje: tienes un montón de dinero. ¿De verdad necesitas restregármelo por las narices?

–¿Es eso lo que crees que estoy haciendo?

–Desde luego que sí. Tú no eres así –Claire indicó el avión y la botella en la cubitera–. Solías odiar todo lo pretencioso. Tampoco actuabas como lo has hecho con la periodista, coqueteando como si fueras un playboy.

Matt dio un sorbo al champán.

–¿Has sentido celos?

Claire se tensó como si esa posibilidad no se le hubiera pasado por la cabeza. Bebió.

–Más que celosa, me he sentido asqueada –dijo, sacudiendo la cabeza–. Sólo intento entenderte.

Matt dejó la copa en la mesa.

–Dime una cosa, Claire, ¿por qué te preocupa tanto esta situación? Dices que sabes que soy rico, así que no sé por qué esto… –Matt imitó el gesto de Claire indicando el avión– te sorprende tanto.

–Podrías haberme llevado al mejor restaurante del pueblo y no te habrías gastado más que cien dólares.

–¿Y eso habría satisfecho tu curiosidad?

–¿Qué curiosidad?

–La que sientes por mí y por la vida que habrías tenido a mi lado.

–¿De verdad piensas que siento curiosidad por tu dinero y por tu fabuloso tipo de vida? –preguntó Claire con incredulidad–. Estás completamente equivocado.

–Como quieras –dijo él–. Si es así, no te preguntaré por qué conoces el proyecto *El cuervo* ni por qué lo recuerdas después de tantos años.

Le sorprendió que Claire lo mirara con desdén, como si pareciera extrañarle que no entendiera nada. Tras una pausa se encogió de hombros.

–De acuerdo, digamos que me importa tu dinero. Con este despliegue de ostentación no satisfaces mi curiosidad, sino que consigues que me sienta mal –los ojos se le iluminaron como si llegara a una conclusión–. A no ser que lo que pretendas sea vengarte de mí.

–Dios mío, estás obsesionada con la idea de la venganza.

Claire enarcó una ceja.

–Sólo intento comprender. Que te gastes tanto dinero en una cita sólo tiene sentido si quieres demostrar algo.

–A la mayoría de las mujeres les gusta que te gastes dinero en ellas.

–¿Ésa es tu experiencia? ¿Tienes éxito despilfarrando dinero?

Por mucha indignación que mostrara y aunque no quisiera admitirlo, Matt había visto que le impresionaba ver el avión. Sonrió sin molestarse en ocultar su satisfacción.

–No tienes ni idea del éxito que suelo tener.

Claire sacudió la cabeza, pensativa.

–Lo dudo. Sabes que una cafetería en un pueblo pequeño se parece a la consulta de un psicólogo y conozco bien a las mujeres. Claro que conseguirás impresionar a algunas, porque para mucha gente el dinero lo es todo.

Claire lo miró fijamente y, por un instante, Matt percibió que su enfado se diluía y que podía leer en el fondo de su alma. Un segundo más tarde, desvió la mirada hacia la ventana con expresión inescrutable.

–Lo que me desconcierta es que lo aguantes –continuó–. El Matt al que conocía no soportaba la pretenciosidad y me cuesta imaginar que quieras estar con alguien a quien le interese el dinero.

Matt sintió una punzada de tristeza. Claire tenía razón. No toleraba ese tipo de personas ni entre sus amistades ni en el trabajo. En el departamento de investigación y desarrollo del que estaba al mando en FMJ los empleados eran valorados por su dedicación y valía. ¿Por qué entonces aceptaba ese tipo de actitudes en su vida personal? La única respuesta era que valoraba poco su vida personal. Las mujeres con las que salía le importaban poco, y el lujo era el camino más fácil para conseguirlas.

Así que, ¿por qué estaba actuando de la misma

manera con Claire? Quizá había pensado que verdaderamente podría impresionarla. Pero Claire se equivocaba al pensar que lo motivaba la venganza. Lo que quería era que viera cómo habría sido su vida de haber permanecido juntos.

La limusina y el avión no eran más que la punta del iceberg. El resto de la cita iba a dejarla sin habla. Y si conocía a las mujeres, estaba seguro de que Claire acabaría rogándole que le dejara permanecer a su lado.

Claire no tenía ni idea de lo que Matt tenía planeado. Cuando aterrizaron en San Francisco y tomaron una limusina, no se molestó en preguntarle adónde la llevaba, pero estaba segura de que se trataría de un lugar lujoso con el que recordarle el abismo social que los separaba.

En realidad nunca habían pertenecido al mismo mundo. Aun creyendo que eran almas gemelas, siempre había sabido que Matt era más rico, pertenecía a una clase social más alta, tenía una mejor educación y era más inteligente que ella. Pero también había estado segura de que a él no le importaba. Evidentemente, se equivocaba.

Como el resto de su familia, no la consideraba más que basura. Como Vic, que de jóvenes siempre intentaba aprovecharse de ella pero nunca la invitaba a salir. Las chicas Caldiera servían para tontear, pero no para una relación seria.

Aquella cita representaba esa misma filosofía a gran escala. Era una exhibición detallada de todo aquello que no se merecía.

Y Claire tuvo la confirmación cuando la limusina se detuvo ante un elegante edificio de mármol blanco. Ninguna señal luminosa anunciaba que se trataba de un restaurante, pero ella identificó al instante el famoso nombre grabado en las puertas de cristal.

Bajándose del coche, resopló y se llevó una mano al estómago.

–Éste es un restaurante de tres estrellas Michelin.

Matt sonrió.

Situado en el centro neurálgico de San Francisco, el Market se había ganado una reputación por su atmósfera sencilla y elegante, y su exquisita carta con productos orgánicos locales. Suzy Greene, la dueña y chef, tenía su propio programa en televisión: *Greene on Green*.

Matt posó la mano en su espalda para conducirla al interior. Al entrar, Claire se quedó paralizada al ver que el restaurante estaba vacío un sábado a las siete de la tarde. Se volvió hacia Matt con expresión desconcertada.

–¿Cómo es posible…?

Pero la voz de una mujer la interrumpió.

–Bienvenidos a Market.

Suzy Greene en persona se aproximó a ellos, sonriente y con los brazos abiertos. Besó a Matt en la mejilla y estrechó la mano de Claire.

–Matt me ha dicho que tú también tienes un restaurante.

Claire la miró con gesto nervioso.

–Yo no pondría en la misma categoría la cafetería de un pueblo con el Market, la verdad –dijo a modo de explicación al ver la expresión desconcertada de Suzy ante su actitud titubeante.

–Ah –Suzy sonrió–. Pero estoy segura de que tienes los mismos problemas y los mismos retos: largas horas, el personal, tener contentos a los clientes –se inclinó hacia delante y en tono conspirativo, añadió–: Alcanzar el equilibrio entre la falta de ejercicio y la tentación constante de la comida.

Claire rió.

–Ese problema lo comparto plenamente.

Suzy enlazó el brazo con el de ella y le dio una palmadita.

–Estoy segura de que vamos a ser grandes amigas.

Claire lo dudaba, pero Suzy era tan agradable que no pudo protestar y se dejó conducir hasta una mesa con grandes platos rectangulares.

–Cuando Matt me habló de vuestra cita comprendí que quisiera hacer algo especial –añadió Suzy.

Claire miró a su alrededor y tuvo una sospecha. Suzy continuó–: Sólo le he dejado reservar el restaurante con tan poco margen de tiempo porque es un viejo amigo.

–¿Has cerrado el Market para Matt?

Claire comprendió entonces por qué el restaurante estaba vacío y calculó que Matt sólo podía haber hecho la reserva catorce días antes como máximo.

–¡Qué locura! –exclamó, mirando alternativamente a Matt y a Suzy–. Habrás tenido que cancelar reservas hechas hace meses.

Suzy rió.

–Todos se mostraron muy comprensivos cuando se lo expliqué. ¡Vuestro reencuentro después de tantos años es tan romántico! Además, Matt ofreció pagar su cuenta si cambiaban la fecha.

–¿Matt te ha contado cómo nos reencontramos?

–Es una historia maravillosa –Suzy suspiró e inmediatamente juntó las manos–. Lo he pasado fantásticamente planeando vuestra cena. Se trata de un menú degustación de siete platos, cada uno de ellos acompañado de un vino local. Hacía tiempo que no disfrutaba tanto. No es lo habitual poder tomar decisiones sin límite de presupuesto –apretó el brazo de Claire con entusiasmo.

–No debías haberte molestado –dijo ésta.

Suzy hizo un ademán con la mano para quitarle importancia.

–El personal está encantado porque les he dado la noche libre –le guiñó un ojo–. Matt me compensará.

–No debería haberte causado tantas molestias.

En cuestión de segundos estaban sentados a la mesa delante de una bandeja con aperitivos. Suzy les explicó cada uno de los bocados antes de volver a la cocina. En cuanto estuvieron solos, Claire musitó:

–¡Cómo has sido capaz de mentir a Suzy Greene para que cerrara el restaurante!

Matt probó una lámina de espárrago con queso fundido antes de contestar.

–No le he mentido.

–Pero si le hubieras dicho la verdad, no hablaría de lo romántico que es este encuentro.

Matt se encogió de hombros.

–Puede que me haya reservado algunos detalles.

–¿Cómo por ejemplo que nos odiamos?

Matt fingió escandalizarse.

–¿No te parece un poco exagerado?

–No pienso que…

–Ésa es la idea: que dejes de pensar –Matt le ofreció uno de los aperitivos–. Prueba esto.

Claire fue a protestar, pero Matt se lo metió en la boca. Claire cerró los ojos y saboreó con placer.

–¿Ves? –dijo él–. Sabía que te encantaría. Suzy…

Sonó su teléfono. Matt lo sacó del bolsillo y miró la pantalla con gesto de contrariedad. Por un instante, Claire pudo ver en su rostro al joven obsesivo que había conocido años atrás. Un segundo más tarde, su expresión cambiaba y continuaba como si no hubiera sido interrumpido.

–Suzy es una de las mejores cocineras del país.

Mientras seguía alabando los méritos del Market, que Claire conocía bien, puso el teléfono en vibración y lo guardó en el bolsillo. Un momento más tarde le llegó un mensaje.

–¿No deberías contestar? –preguntó Claire al tiempo que un camarero dejaba otro plato en la mesa con los entrantes.

–No contesto llamadas de trabajo cuando tengo una cita.

Claire tenía demasiada hambre como para ignorar la comida, y decidió aprovechar que sería la única vez en su vida que comería algo tan excepcional.

–Pero esto no es una cita. Y, si no me equivoco, debe de ser algo importante.

–No es más que trabajo –dijo Matt, tensándose–. Puede esperar.

En el pasado, estaba tan entusiasmado con lo que hacía, que jamás podía posponerlo. Le apasionaba resolver problemas técnicos, inventar, crear. Quería arreglar todos los problemas del mundo y estaba convencido de que, si conseguía los fondos y los recursos, FMJ lo lograría.

–¿De qué se trata? –se descubrió preguntando–. ¿Es tan importante que tienes a tu equipo trabajando en ello el sábado por la noche?

Matt se apoyó en el respaldo de la silla y se cruzó de brazos.

–A ninguna mujer le interesa hablar de un excéntrico proyecto de ingeniería mientras está cenando.

Claire dejó el tenedor en la mesa y se limpió los labios con la servilleta.

–Eso te lo dije yo.

Matt alzó la copa como si brindara y bebió. Cuando la dejó sobre la mesa, sonreía con amargura.

–Debería darte las gracias. Es uno de los mejores consejos que he recibido sobre las mujeres.

–Matt, yo… –Claire estaba horrorizada de lo que había conseguido. A ella le encantaba hablar con él de trabajo–. Lo siento.

–No debes disculparte. Me ha servido de mucho –Matt probó otro bocado sin que pareciera obtener de él ninguna satisfacción.

–No fue un consejo. Fue… –Claire calló y dejó caer las manos sobre el regazo.

Cuando lo dejó, había estado tan segura de que Matt intentaría ir tras ella, que había dicho cosas espantosas para herirlo. Al oírle repetir aquélla, se sintió súbitamente responsable de haber contribuido a crear el playboy que tanto le desagradaba. Había resultado tan convincente que había conseguido hacerle creer que no quería estar junto a un genial científico y, al hacerlo, había iniciado el cambio que lo había transformado en un detestable seductor.

–Nunca me aburrí contigo –dijo.

–Si no recuerdo mal, me dijiste que me dejara de excentricidades y que fuera más generoso. No tienes ni idea de lo bien que me ha ido con las mujeres gracias a ti.

Claire no pudo soportar la amargura con la que habló, y menos sabiendo que había condicionado la forma en que se veía a sí mismo y a las mujeres.

–Matt, cuando me fui… –no supo cómo seguir. ¿Cómo conseguir que comprendiera la verdad?–. ¿Has pensado alguna vez que el que me fuera no tuvo nada que ver contigo? –Matt no la miraba, sino que mantenía los ojos clavados en un punto por encima de su hombro. Claire hubiera querido que leyera la verdad en sus ojos. Recordó con espanto las horribles mentiras que le había dicho–. No tuvo nada que ver con que fueras un raro, o demasiado listo, o con que me aburrieras.

–Entonces, ¿cuál era el problema? –preguntó él con aspereza.

–Yo y mi familia y…

–Claro, vienes de una familia que siempre huye. ¿No era eso lo que solías decir? ¿Ésa es tu excusa? ¿Que necesitaste huir?

Claire contuvo el aliento como si hubiera recibido una bofetada. Después de tantos años, Matt debía de haberse enterado de que había vuelto a casa para ayudar a su hermana pequeña, y todo lo que había sucedido después. Todo el pueblo lo sabía. Para evitar que Matt la siguiera había inventado todo tipo de cosas, incluso que había conocido a un tal Mitch con el que se iba a Nueva York, un hombre de verdad que viajaba en motocicleta y que no hablaba de trabajo durante la cena.

Pero la realidad era que ella adoraba la pasión que mostraba por su trabajo, y que jamás había habido ningún otro hombre en su vida. Mitch no era más que un nombre inventado.

Sin embargo, Matt no le había preguntado en ningún momento por su hermana o por su embarazo. Era evidente que sabía lo que había pasado, pero que prefería no hablar de ello.

Por otro lado, lo que Matt acababa de decirle le hizo considerar por primera vez que no sólo se había marchado por Courtney, sino porque había elegido huir. La mera posibilidad de que fuera así, hizo que se le pusiera la carne de gallina. Sacudió la cabeza lentamente.

—No lo sé. Era muy joven y estaba asustada. Yo te quería, pero tú… —cerró los ojos—. Tú me amabas tanto que me dio pánico arruinar tu brillante futuro.

Abrió los ojos y vio que Matt la miraba con rostro inexpresivo.

Entonces volvió a oír el teléfono vibrando. Matt lo dejó sobre la mesa con la pantalla boca abajo. Iba a decir algo cuando apareció un solícito camarero.

—¿Puedo llevarme la fuente, señor?

—Sí —dijo Matt—. Hemos acabado.

El camarero se marchó, pero Matt siguió sin reaccionar a la confesión de Claire. Ella asumió que prefería ignorarla, y no pudo culparlo.

Se inclinó hacia él.

—Mira, esto no va a salir bien. Ha sido increíble,

pero no hace falta que sigas. El avión, el restaurante…, ya me lo has dejado claro.

–¿Qué he dejado claro? –preguntó él.

–Que eres rico, que sabes cómo conquistar a las mujeres. Pero ahora creo que preferiría dejarlo, porque la tensión que…

–No –Matt escrutó su rostro–. ¿Por qué no nos relajamos y disfrutamos de la velada como si fuera un sábado cualquiera?

–Si fuera un sábado cualquiera, estaría viendo una película en casa.

Matt sonrió.

–Está bien, como si fuera una primera cita.

–Yo no…

–Está bien, tú no sales. Pues finge que sí.

–De acuerdo –Claire tomó aire–. Como si se tratara de una primera cita.

Con el hombre al que amaba y odiaba a partes iguales. ¡Nunca había hecho nada tan sencillo!

Capítulo Cinco

El resto de la velada pasó en una nebulosa durante la que Claire comió y bebió más de lo conveniente. En cierto momento, Suzy fue a preguntarle qué tal iba todo y Matt la invitó a sentarse con ellos. Ni por un instante pareció notar la tensión que había entre ellos. Y Claire tuvo la sensación de ser observada por Matt como si fuera un raro espécimen de laboratorio.

Su teléfono vibró en varias ocasiones, pero Matt no lo contestó a pesar de que su preocupación era evidente. En cuanto Suzy volvió a la cocina, Claire saltó:

–Deja de comportarte como si no pasara nada cuando los dos sabemos que esta cita es una farsa.

–¿Una farsa?

–Sí. Como todos los Ballard, no intentas más que ponerme en mi lugar.

–No sé a qué te refieres –dijo él con gesto de incomprensión.

–Se supone que eres muy listo, así que no te hagas el inocente.

Matt se inclinó hacia delante y posó su mano sobre la de ella.

–¿Te ha molestado mi familia a cuenta de esta cita?

–No más de lo habitual.

–¿No más de lo habitual? –repitió Matt en tono sombrío–. ¿Lo habitual es que te molesten?

A Claire le sorprendió el tono protector de Matt y lo que pareció una genuina preocupación.

–Ya conoces a tu familia –dijo, encogiéndose de hombros–. Ser un Ballard lo es todo, y necesitan recordar a todo el mundo lo ricos e importantes que son. En mi caso, no pierden nunca la oportunidad de recordarme mis orígenes.

El rostro de Matt se ensombreció.

–¿Y crees que eso es lo que estoy haciendo yo?

Claire no supo cómo interpretar su expresión. Retiró la mano y jugó con el tenedor.

–La verdad es que no sé qué pensar. Apareces de repente en mi vida y organizas una cita de película. Me dedico a hacer sándwiches, pero me presentas a una mujer que ha ganado los premios más importantes de cocina como si fuéramos colegas. Y pretendes que me comporte como si todo fuera de lo más normal, y…

Al oír que el teléfono vibraba de nuevo, Claire dio una palmada sobre la mesa.

–¡Quieres contestar de una vez por todas! –exclamó.

Matt la observó como si fuera un misterio a resolver.

–No.

–Contesta –Claire desvió la mirada. Quizá aquél no era el momento de mantener una conversación. Tal vez, nunca lo fuera–. Está claro que es importante. Te han llamado seis veces en la última media hora.

–No contesto al teléfono cuando estoy con una mujer.

Claire alzó las manos en un gesto de exasperación.

–¡Esto no es una cita romántica! –se masajeó las sienes como si necesitara recuperar la calma, y cuando volvió a hablar lo hizo más pausadamente–. Mira, es evidente que se trata de algo importante y que tú piensas lo mismo o lo habrías apagado del todo. Yo también tengo un negocio y sé que hay que estar permanentemente disponible. Así que haz el favor de contestar.

Tras un prolongado silencio, Matt tomó el teléfono, se puso en pie y pulsó un botón al tiempo que le daba la espalda y caminaba hacia el lado opuesto del comedor.

–Aquí Ballard.

Por encima de la suave música que sonaba en el local, Claire pudo oír su lado de la conversación.

–¡Qué! –preguntó, elevando la voz–. ¡Cómo demonios lo has permitido! Cuando te he dejado sólo quedaban un par de horas de trabajo. Hay que enviarlo el lunes.

Se oyó un murmullo ahogado mientras la persona que estaba al otro lado de la línea se esforzaba por explicar lo sucedido. Matt se llevó la otra mano al puente de la nariz e interrumpió bruscamente a su interlocutor.

–¡Estás despedido! ¡Estáis todos despedidos, jo…! –lanzó una rápida mirada a Claire como si su presencia le impidiera decir palabrotas.

Ella oyó el murmullo de la otra persona hablando rápidamente, y notó una carcajada ascendiendo por su garganta. La exasperación de Matt era patente. Fue hasta él y le quitó el teléfono con delicadeza.

–Disculpa –dijo a quien estaba al otro lado.

–Pero el conversor funcionaba perfectamente…
–continuó una voz masculina.

–Disculpa –repitió Claire–. No, soy Claire.

–¿Claire? ¡Maldita sea! ¿Está contigo? Ahora sí
que estoy despedido…

–Te prometo que nadie va a despedirte.

Matt intentó arrebatarle el teléfono, pero ella lo
esquivó.

–Me va a matar –dijo el hombre.

–No, tampoco va a matarte –podía oír al otro lado
un coro de voces–. ¿Estoy en lo cierto al creer que necesitas a Matt para resolver el problema que tenéis?

–Cla… Déjalo. De haber sabido que estaba contigo, jamás le habría llamado.

–¿Cómo te llamas?

–Dylan. ¡Dios, va a…!

–Deja que yo me ocupe de Matt. Llegaremos a la
mayor brevedad posible.

Claire se quitó el teléfono de la oreja y, antes de
que Matt se lo arrebatara, colgó, ignorando las pro-
testas de éste y de Dylan.

Matt la miró con desaprobación mientras ella le
devolvía el teléfono.

–Debías haberme dejado que lo despidiera –dijo
él.

Claire sonrió.

–¿Bromeas? Dylan me ha librado de la cita más
rara que he tenido en toda mi vida. Es mi héroe.

–Por eso mismo voy a despedirlo.

Claire rió.

–Vámonos. La limusina puede dejarte en FMJ antes de llevarme al hotel.

Matt posó la mano en su brazo para detenerla.

–Espera, voy a pedirle a Suzy que ponga el postre en una caja.

–Pero…

–Puedes tomarlo en FMJ mientras yo trabajo. No pienso mandarte al hotel. En cuanto acabe, continuaremos con la velada. Todavía tenemos mucho de qué hablar.

Claire notó un escalofrío mientras él iba a la cocina, pero tenía que admitir que estaba deseando ver las oficinas de FMJ y echar un ojo a los proyectos en los que estaba trabajando Matt. Por primera vez desde que se habían reencontrado, le recordaba al Matt de su juventud, intenso y apasionado. Y eso lo convertía en alguien mucho más peligroso.

Dylan resultó ser un becario flacucho de veintidós años al que el resto del equipo había pedido que localizara a Matt mientras seguían trabajando.

Al llegar a Palo Alto tras cuarenta y cinco minutos de viaje desde San Francisco, Matt dejó a Claire en manos de Dylan mientras él iba a intentar resolver el problema.

–Cuídala –dijo Matt. Luego dirigiéndose a ella, añadió–: No toques nada.

Claire había reído mientras que Dylan asintió con solemnidad.

Matt los dejó junto al ascensor. La zona de trabajo era una especie de taller diáfano en el que había mesas con maquetas, sillas desgastadas y todo tipo de instrumento y aparato tecnológico. Parecía el laboratorio de robótica de un científico loco.

En cuanto Matt se fue, Dylan empezó a disculparse.

–Siento haber interrumpido vuestra vita. De haber…

–No pasa nada –intentó tranquilizarlo Claire.

–Claro que pasa. Eres Claire Caldiera. Ésta era *la* cita, ¿no?

Claire lo miró sorprendida.

–¿Sabes quién soy?

–Claro.

–Me extraña que Matt hable de mí –dijo ella, desconcertada.

–Ah, él jamás te nombra –Dylan sacudió al cabeza–. Pero los colegas con los que lleva años trabajando, sí. Tu nombre sale… de vez en cuando.

–Ya veo.

En la esquina de la planta donde se encontraba Matt, había un grupo de seis o siete hombres y mujeres. Algunas de las caras le resultaban familiares. Formaban un círculo alrededor de una pieza de aluminio colocada sobre una peana, de la que salían varios arcos entrecruzados que brillaban bajo los fluorescentes.

–¿Eso es…? –preguntó, como si pudiera saberlo.

Dylan asintió, creyendo que lo había adivinado.

–Sí, una turbina de aire con eje vertical y elevación magnética. ¿Mola, eh?

–Eso era precisamente lo que iba a decir.

Claire reconoció a un par de los ingenieros.

–Steve y Dean acababan de empezar a trabajar en FMJ cuando Matt y yo salíamos –comentó.

Por aquel entonces pertenecían todos al mismo grupo de amigos. Pero en ese momento, Steve le lanzó una mirada de desconfianza y Dean una tímida sonrisa que no llegó a iluminarle los ojos.

–Me imagino las cosas que dicen de mí –musitó, sin poder contenerse.

Dylan se puso colorado y Claire supo que no se equivocaba.

Matt alzó la mirada justo entones. Se había quitado la chaqueta, se había doblado las mangas de la camisa y estaba despeinado. Verlo así, con las manos en las caderas, hizo que el corazón le diera un salto. Así era el hombre al que había amado: genial, obsesivo, brillante.

Desde que se habían reencontrado, Matt se había mostrado encantador y seguro de sí mismo, pero aquél al que ella había amado apasionadamente estaba frente a ella. Y eso sólo podía causarle problemas.

–¿Quieres tomar algo? –preguntó Dylan.

Claire sonrió.

–Un café –enlazó su brazo con el joven y fue con él hacia una sala a través de cuya puerta entornada podía ver una máquina de café–. Y puedes contarme qué tal es trabajar para Matt.

–Es fantástico –dijo Dylan con el entusiasmo de un cachorro–. Después de todo es Matt Ballard, un dios.

–Ummm, claro.

Claire sonrió para sí al darse cuenta de que, si no tenía cuidado, su joven acompañante y ella acabarían fundando el club de fans de Matt Ballard.

Cuatro horas más tarde, Matt encontró a Claire acurrucada en una butaca, dormida. Estaba tan bonita y relajada, que le dio lástima despertarla.

Mientras había trabajado había seguido pensando en ella, a pesar de que ni le había interrumpido, ni se había quejado de aburrimiento en toda la noche. Después de tomar un café con Dylan y el postre de Suzy, había elegido un libro de la biblioteca de la sala del personal, se había sentado en aquella butaca y había leído hasta quedarse dormida.

¿Cuántas mujeres con las que había salido en los últimos años se habrían comportado así? Matt no consiguió pensar en ninguna.

Habría querido odiar a Claire, pero ella hacía que resultara imposible.

Quizá habría sido más fácil si no la encontrara tan seductora y vulnerable, o si no pareciera tan convencida de que él no era la única víctima de la situación. De hecho, a veces daba la impresión de que lo consideraba tan culpable de su ruptura como ella y que esperaba que le pidiera disculpas.

Tal vez tenía razón. Eran muy jóvenes y él había estado obsesionado con FMJ. Debía de haber sido un novio deplorable. Pero aquella noche Claire había dicho que no lo había dejado por él, si no por ella.

Y lo cierto era que Claire se había ido, pero también que él no había ido tras ella.

Quizá eso era lo que Claire había pretendido, que le demostrara cuánto le importaba, que la siguiera. Quizá entonces todo habría sido diferente.

De lo que sí estaba seguro Matt, era de que, fuera lo que fuese lo que había entre ellos, seguía vivo.

Sólo habían salido seis semanas, demasiado poco tiempo como para llegar a conocerse, Y en las dos ocasiones que se habían visto antes de la cita, no había conseguido atravesar las barreras de Claire. Aun así estaba decidido a olvidar sus prejuicios del pasado y a conseguir conocerla de verdad.

Con la mayor delicadeza posible, se inclinó para tomarla en brazos y la llevó a la limusina. Claire siguió durmiendo apaciblemente en sus brazos.

Claire despertó en la limusina con la cabeza apoyada en el pecho de Matt y el chal cubriéndola a modo de manta. Sintió el pecho de Matt bajo la mejilla, la suave tela de su chaqueta bajo los dedos, el rítmico latido de su corazón bajo la mano. El leve aroma a madera de su colonia despertó sus sentidos; sentir su cálido aliento contra su cabello acabó por confirmarle que no se trataba de un sueño.

Se incorporó de un salto y él dejó caer la mano de su hombro.

–Ya te has despertado –dijo él, frotándose los ojos como si también se hubiera dormido.

Luego posó la mirada en ella como si contemplara algo maravilloso, y Claire sintió una oleada de calor al tiempo que la asaltaban los nervios. Miró el reloj y vio que habían pasado más de siete horas desde que se había arreglado para la cita. Suponía que no le quedaría ni una gota de maquillaje y que estaría despeinada, pero al mirarla como si la exhausta dueña de una cafetería de pueblo fuera lo que siempre había deseado, Matt le había hecho sentir la mujer más hermosa del mundo.

Se tapó los hombros con el chal y dijo lo primero que se le pasó por la cabeza.

–Quería haber tomado prestado el libro de la biblioteca. Supongo que…

Matt sacudió la cabeza.

–Te compraré un ejemplar.

–Gracias.

Claire se deslizó sobre el asiento hacia la ventanilla opuesta para poner algo de distancia entre ellos, pero su mente seguía nublada por los sueños que había tenido, en los que estaba en brazos de Matt y él le susurraba palabras llenas de ternura mientras la acariciaba.

Para distraerse, preguntó:

–¿Has resuelto el problema de la turbina?

–Sí –Matt se frotó las manos para borrar las huellas del cansancio–. Te aseguro que de no haber sido un asunto urgente…

–Dylan me ha explicado que tenía que estar lista para una presentación muy importante.

Según él, Matt había estado trabajando en la pieza hasta pocos minutos antes de ir a encontrarse con ella. En teoría, sólo quedaban unos pequeños retoques, por lo que era lógico que Matt se hubiera preocupado al recibir su llamada. Aun así, había preferido no interrumpir su cita.

Matt asintió.

–Para conseguir fondos del estado teníamos que presentar un prototipo en Washington. Cuando me he ido esta mañana, todo iba bien, pero un idiota ha derramado el café sobre la pieza. ¡Veinte millones de dólares en juego y un idiota tira su café sobre la placa matriz!

Claire rió.

–Espero que no fuera Dylan. Le he convencido de que no ibas a despedirlo.

–La cuestión es que sustituir la placa hubiera sido

sencillo, pero el fallo ha puesto de manifiesto un problema de diseño que habíamos pasado por alto. Y eso es lo que hemos tenido que resolver todas estas horas.

–¿Así que el café ha terminado siendo una bendición?

–A veces un error acaba resolviendo más problemas que los que crea.

Matt volvió a dirigirle una de aquellas miradas que la derretían. Se acercó a ella y le retiró el cabello de la cara.

–Gracias por haberme animado a ir.

Claire tragó saliva. Su caricia había sido tal cual la había soñado, su voz, tan dulce, su aliento, tan cálido.

–De nada –musitó.

La cálida mirada que él le dirigió despertó en ella algo que creía enterrado hacía años y que se manifestó como un cosquilleo en el estómago y fuego en las venas; como un súbito deseo de actuar alocadamente y olvidar todo sentido de responsabilidad para atrapar aquello que deseaba.

Y lo que deseaba estaba a su lado.

Matt se inclinó hacia ella en el momento en que la limusina tomaba una curva cerrada y Claire se encontró apretada contra su pecho, con las manos sobre su camisa, bajo la que podía sentir su corazón y su musculoso pecho. Ya no era desgarbado y delgado, sino puro músculo y fibra.

La mirada de Claire estaba alineada con la uve del cuello de su camisa, donde la larga columna de su cuello se juntaba con las clavículas, formando un hoyuelo en la base. Aunque el interior de la limusina estaba en penumbra, casi podía ver su pulso, el rítmico latir de su corazón.

Entonces alzó la mirada y al encontrase con sus ojos tuvo la sensación de haber vuelto al pasado, de encontrarse con los recuerdos que tenía guardados en un cofre cerrado en el que nunca se atrevía a mirar. Se había esforzado tanto por olvidar el anhelo, la esperanza y el amor que le había hecho sentir, que había olvidado enterrar el recuerdo de la pasión. Y en ese instante supo que con ello había cometido un terrible error, porque la golpeó con una violencia de la que no supo defenderse.

Antes de que le diera tiempo a reaccionar, los labios de Matt estaban sobre los suyos, devorándola, y ella respondía con la misma voracidad. Una pasión desbocada, ardiente y primaria, surgió de allí donde ambos la habían mantenido oculta y los poseyó hasta robarles la razón, bloqueando todo sentido de la realidad.

Con los labios de Matt sobre los suyos, Claire sólo era capaz de dejarse arrastrar por las sensaciones. Su sabor le resultaba tan familiar como las esperanzas y las expectativas de su juventud, como la ingenua creencia en un futuro de felicidad eterna. Pero no era sólo su sabor. También el tacto de su cabello entre sus dedos, de los músculos de su espalda cuando le quitó la chaqueta, de sus ásperos dedos cuando la tocaron por debajo del top. Sus manos, que siempre habían sido grandes, le parecieron enormes al cubrir sus senos y pasarle los pulgares por los pezones hasta hacerla retorcerse de placer.

Claire supo entonces que quería más, que tenía que liberar la pulsante pasión que la devoraba.

Matt la aprisionaba contra el asiento. En un minuto estaría tumbado sobre ella y los dos se habrían medio desnudado. Claire sabía que había perdido el control, pero no quería recuperarlo porque sabía que aquel momento no se repetiría en toda su vida.

No podía conservar a Matt pero tampoco soportaba perderlo. Volvía a tener las mismas sensaciones que doce años atrás. Y decidió hacer lo que había hecho entonces: tomar las riendas.

Apoyando las manos en sus hombros, lo empujó con fuerza hasta que Matt se separó de ella y apoyó la cabeza en el respaldo, jadeante.

–Per… –fue a disculparse, pero ella no le dejó terminar.

Señalando con la cabeza la pantalla de cristal que los separaba del conductor, dijo:

–¿Ese cristal está tintado y aísla el sonido?

Matt la miró desconcertado.

–Sí.

Eso era lo que Claire había imaginado. Sin darse tiempo a pensar, se quitó los zapatos y los pantalones, y se sentó a horcajadas sobre el sexo en erección de Matt, que se limitó a sonreír y a posar las manos por encima de la cintura de sus medias. Claire se apretó contra él para sentir su sexo plenamente al tiempo que se mecía, incrementando la presión.

Sintió un húmedo calor entre los muslos al tiempo que agachaba la cabeza para besarlo. Así era como quería a Matt, cualquier otra forma de comunicación con él era imposible, demasiado complicada.

Y Matt la comprendió a la perfección. Su boca estaba tan hambrienta como la de ella, y sus manos igualmente ansiosas. Le desabrochó el top y se lo quitó. Luego le siguió el sujetador. Claire alzó la cabeza y, arqueándose, le ofreció los senos para que los besara.

Matt sonrió con una mezcla de picardía y malicia, como un niño a punto de robar una golosina. Colocó una mano en la espalda de Claire y la empujó hacia sí hasta que atrapó entre sus dientes uno de sus pezones; después, el otro. Deslizó la otra mano por la cintura de las medias hasta alcanzar el punto más sensible entre sus muslos, acariciándolo con delicadeza pero de forma constante, al mismo tiempo que le succionaba el pezón hasta que Claire no pudo contenerse y estalló en un violento clímax.

Sin dar tiempo a que su cuerpo reaccionara, buscó con la mano el botón del pantalón de Matt. No quería pensar. No quería arrepentirse al menos hasta que todo acabara. Sólo tuvo una preocupación, y Matt la borró al sacar del bolsillo un preservativo, que ella le puso precipitadamente. Un gemido sordo escapó de su garganta al descender sobre él y sentir la presión de su sexo en el interior. Pero más que el placer físico, lo que la volvió loca fue la expresión con la que Matt la miraba, como si fuera su fantasía hecha realidad.

Claire hubiera querido que la mirara de aquella manera el resto de su vida. La idea de no volver a verlo así se le hacía insoportable. Cerró los ojos con fuerza para ahuyentar una angustia que no quería sentir y contener las lágrimas que se le agolparon en la garganta. Para dominar la emoción, se obligó a concentrarse en el puro presente, y cabalgó sobre Matt a una velocidad creciente, entregándose al placer que le producía sentirlo en las profundidades de su cueva.

Al tiempo que alcanzaba el clímax, Matt susurró su nombre con tanta ternura, que Claire deseó por un instante que todo hubiera sido distinto. Y por un segundo imaginó la vida que podían haber compartido si no hubiera habido entre ellos tantos secretos, tantas cosas no dichas.

Capítulo Seis

Claire no sabía qué desayunar. Normalmente se levantaba, iba al Cutie Pies y trabajaba. Siete días a la semana.

Por primera vez en doce años no había ido a la cafetería y ni siquiera estaba en Palo Verde.

Su despertador interno la había despertado pasadas las cinco, y ya no había podido volver a dormirse.

La noche anterior había tenido la convicción de que tomaba el control al hacer el amor con Matt, creyendo que el mero acto de decidir actuar podía liberar a su corazón de emociones. Como si con ello lograra protegerse.

Con la llegada del amanecer se había dado cuenta de que no se había tratado más que de una débil excusa. Acostada junto a Matt, con el cuerpo de él pegado al suyo y su mano cruzada sobre la cintura, había sentido tal estado de bienestar que las lágrimas le habían nublado los ojos.

En ese instante había tenido que enfrentarse a la verdad: acostándose con Matt no había ganado nada y creer que elegía voluntariamente no había sido más que un autoengaño.

Ante Matt era tan vulnerable como lo había sido siempre.

Una única noche de pasión no significaba nada.

No podía durar. Inevitablemente, Matt acabaría recordando que ella no era más que una Caldiera, que entre sus familias había un abismo, que ella representaba el nivel social más bajo posible frente a su riqueza y su posición de poder.

Y cuando eso sucediera, la abandonaría para retomar su vida y ella se quedaría hecha añicos. Sólo le quedaba aferrarse a la poca dignidad que le quedaba.

Se deslizó sigilosamente fuera de la cama, se vistió y, como la mañana estaba fresca, se puso una sudadera de Matt que encontró sobre una silla. Luego bajó a la cocina y estudió el contenido del frigorífico. Cinco cervezas, un trozo de mantequilla y una botella de leche que, al abrirla y olerla, descubrió que estaba rancia.

Miró a su alrededor. La casa de Matt, que desde fuera tenía un encantador estilo clásico, había sido completamente renovada por dentro. Dominaban los tonos marfil y chocolate, incluso en la cocina, que tenía una moderna encimera de granito blanca y negra, y que estaba equipada con la última tecnología.

Afortunadamente, el decorador había tenido el detalle de incluir unos sofisticados contenedores de cristal que había llenado con harina, azúcar y café. Un repaso de la fresquera le proporcionó algunos otros ingredientes, y con ellos y su imaginación, se puso a hacer lo que se le daba mejor cuando tenía un problema: cocinar.

Matt se despertó con un inusual sentimiento de felicidad y aspiró el aún más inusual aroma de café y de algo cocinándose en el horno. La única vez que se había usado el horno había sido tres años antes, cuando Ford había insistido en que organizara la fiesta anual de FMJ en su casa, para la que habían contratado a una cocinera.

Se puso unos vaqueros y con el torso desnudo buscó en vano su sudadera favorita. Luego bajó las escaleras y al llegar a la cocina se detuvo en la puerta para observar a Claire, que en ese momento fregaba mientras tarareaba una canción. No se había equivocado: olía a café y a galletas recién horneadas.

Durante unos instantes se quedó hipnotizado por la imagen, siguiendo el vaivén de las caderas de Claire. Llevaba su sudadera roja y Matt pensó que no conocía a ninguna mujer que, completamente vestida, pudiera resultar tan sexy.

Entonces ella se detuvo y alzó la cabeza para olisquear el aire. No necesitaba una alarma para intuir que tenía que sacar las galletas del horno. Y eso hizo tras enrollarse un trapo en la mano.

Cuando se volvió para dejar la bandeja en la isleta que estaba frente al horno, vio a Matt y él percibió que se tensaba.

—Habría jurado que no tenía absolutamente nada para comer —dijo él, rascándose el pecho—. ¿Cómo has conseguido hacer galletas?

—Porque se me da bien cocinar con lo mínimo —dijo ella, procediendo a pasarlas a un plato.

Matt se sirvió un café y bebió varios sorbos mientras intentaba no darse por enterado de la tensión que flotaba en el ambiente. A Claire se le daban muy bien muchas cosas, pero era una especialista en pensar demasiado.

Para evitarlo, y consciente de que, si le había dado tiempo a cocinar, debía llevarle ya la delantera, rodeó la isleta, le tomó las manos para que dejara lo que estaba haciendo y le hizo girarse hacia él. Sin darle tiempo a protestar, la besó hasta que notó que se relajaba. Luego le hizo retroceder paso a paso, hasta que la atrapó contra la encimera. Inclinándose sin quitar una mano de su cadera, tomó una de las galletas y la probó. La crujiente superficie cedió entre sus dientes y prácticamente se le disolvió en la boca. Perfecta. Casi tanto como Claire.

–No me extraña que los hombres acostumbraran a tener a las mujeres encerradas en la cocina.

Claire le golpeó el hombro.

–¡Machista! –dijo en tono jovial.

Matt rió.

–Di lo que quieras, pero tienes que reconocer que es fantástico que seas tan buena en la cocina como en la cama –dio otro mordisco a la galleta–. La mayoría de las mujeres con las que he salido sólo habrían tocado una bandeja de horno si hubiera estado cargada de diamantes.

Claire lo miró con escepticismo.

–¿Suzy y tú no…? –dejó la frase a medias, se removió para soltarse de Matt y alzó las manos–. Déjalo. Prefiero no saberlo.

Fue hacia el fregadero, pero Matt la tomó por la muñeca y le hizo volverse hacia él. Claire abrió la boca para protestar y él le metió un trozo de galleta.

–No, Suzy y yo nunca… –hizo una pausa imitando a Claire–. Nunca ha habido nada entre nosotros –añadió–. Sólo es una amiga.

–Ah.

Matt cambió de tema.

–¿Qué quieres hacer hoy? Podríamos ir al acuario de Monterey.

–Tengo que volver a Palo Verde –Claire se soltó, tomó una galleta y fue junto al fregadero–. Pensaba marcharme en cuanto desayunáramos.

Matt miró la hora.

–Sólo son las siete y es domingo. Tómate el día libre.

Claire sacudió la cabeza.

–En una cafetería no hay días libres. Olga se ofreció a abrir por la mañana, pero me necesitan antes del almuerzo.

Matt supo por la determinación de su mirada y la tensión en torno a su boca que no ganaría aquella batalla. Terminó la galleta y se limpió las manos en los vaqueros.

–Está bien. Llamaré a Melissa para que prepare el avión. Llegaremos antes de las doce.

–¿Llegaremos?

A Matt no le gustó su tono de suspicacia.

–Sí. Voy contigo.

Claire dejó la galleta sobre la encimera y sacudió la cabeza.

–No hace falta que me lleves en el avión.

–Te equivocas. Es lo mismo que acompañarte a la puerta de tu casa.

–No es eso. Es…

–¿Qué pasa? –Matt se preguntó si se sentía avergonzada de lo que había sucedido.

Claire guardó un prolongado silencio. Cortó un trozo de galleta pero en lugar de comérselo, lo aplastó entre los dedos.

–Lo que ha pasado ha sido fantástico, pero creo que será mejor que los dos nos lo tomemos como lo que fue.

–¿Y qué fue?

Ésa era la cuestión: las mujeres y su empeño en definir las relaciones.

Matt pensaba que lo que había pasado entre ellos era maravilloso, y no estaba dispuesto a resignarse a no explorar más la relación.

Claire hizo rodar entre los dedos el trozo de galleta como si fuera un amuleto.

–Para serte sincera, no lo sé: una aberración; un error, tal vez –esbozó una sonrisa que no compartió con Matt–. De lo que estoy segura es de que fue muy divertido, pero no puedo ponerle nombre.

–Y eso te asusta –concluyó él.

Claire lo miró con sorpresa.

–No, ése no es el problema.

–¿Entonces…?

–Lo que hay entre nosotros no tiene futuro. Sea lo que sea, se ha acabado.

A Matt se le secó la garganta al oírle decir aquello.

La pasión que habían compartido la noche anterior había sido tan intensa como para provocar un incendio. El recuerdo de las caricias de Claire estaba grabado a fuego en su piel. Jamás se había sentido tan descontrolado ni tan en el paraíso como con ella. Así que lo que había entre los dos no estaba ni mucho menos acabado.

Y a no ser que se equivocara, tampoco Claire lo creía. Podía percibirlo en la tensión de su mandíbula, a la que parecía obligar a moverse para decir lo que no sentía.

–Está bien –se limitó a decir.

–¿Estás de acuerdo?

–No se ha acabado ni mucho menos, pero si es lo que necesitas decirte, no seré yo quien te contradiga.

Claire frunció el ceño.

–No solías ser tan arrogante.

–Quizá te falle la memoria.

–Lo dudo –Claire se separó de la encimera–. Eres tan consciente como yo de que esta relación no tiene futuro. No tiene sentido continuar si…

Matt recorrió la distancia que los separaba y atrapó a Claire entre la encimera y su cuerpo, inclinó la cabeza y la besó. Su boca sabía a galleta y a café. No era lógico que volviera a desearla tras la intensa noche que habían pasado, pero había bastado verla para volver a excitarse y el contacto con sus labios había conseguido que el sexo le presionara los vaqueros.

Sintió la resistencia de Claire ceder y su protesta diluirse aún antes de que tomara forma en su mente. Ella posó las manos en sus hombros al tiempo que basculaba las caderas hacia las de él. Matt podría haberla poseído allí mismo, sobre la mesa de la cocina, pero por más que deseara hacerlo, se obligó a controlarse. En cuanto separó sus labios de los de ella, Claire abrió los ojos y lo miró con expresión perdida.

–Ésta es una buena razón para que no demos lo nuestro por terminado –dijo él.

Claire se soltó de su abrazo con suavidad.

–Es demasiado complicado. Hay demasiados obstáculos y nunca funcionaría.

–Ahora mismo el único obstáculo es la sudadera y podría quitártela en cuestión de segundos.

–No digas tonterías –replicó Claire, sin saber si enfadarse o reírse.

–No estoy diciendo ninguna tontería. No hay ninguna razón para que no te lleve a la cama e intente retenerte en ella.

–Vale. Por ejemplo, que vivimos en distintas ciudades.

–Kitty y Ford tiene casa en Palo Alto y en Nueva York y su relación funciona. Sólo nos separa un vuelo de veinticinco minutos. Hay quien viaja más para ir a trabajar.

–Está bien. Además, está tu familia.

Matt frunció el ceño.

–¿Qué pasa con mi familia?

–Me odian y piensan de mí que soy basura.

–A mí ellos tampoco me caen particularmente bien.

–También está mi familia.

Matt alzó una mano con un gesto de confusión.

–¿No le caigo bien a tu hermana?

Claire se parapetó tras la isleta central de la cocina.

–No me refiero a eso.

–Escucha –Matt plantó las manos en la encimera y se inclinó hacia Claire–. Puede que tengamos algunos problemas, pero haces que parezcan mucho más graves de lo que realmente son. Podemos encontrar soluciones. A no ser que una vez más, estés huyendo.

–¿Y si es así? –preguntó Claire, entre airada y a la defensiva.

Matt la observó en silencio antes de esbozar una sonrisa.

–Tendré que ir en tu busca.

Claire lo miró con escepticismo.

–No recuerdo que fueras tan irritante cuando salíamos.

–Porque no lo era. Estaba demasiado enamorado de ti.

–¿De verdad? –preguntó Claire–. ¿Estabas enamorado de mí?

Matt la miró desconcertado.

–¿Acaso lo dudas?

Súbitamente el tono de la conversación cambió drásticamente. El aire vibró, cargándose de electricidad con aquello que nunca se habían dicho.

–Sí. Pero… –Claire no pudo seguir porque sus palabras quedaron atrapadas en su garganta mientras observaba a Matt y veía la forma en que apretaba los dientes, como si quisiera ocultar lo que sentía.

Y lo que callaba era tan revelador como el que no hubiera contestado la pregunta directamente. Sus silencios le daban más información que sus palabras.

¿Pero no podía decir lo mismo de sí misma?

La primera mañana que se habían visto le había dicho que no estaba preparada para una conversación seria, y quizá nunca lo estuviera. No podía soportar la idea de que Matt supiera que nunca había superado su pérdida. Pero él debía haberlo adivinado. Era absurdo pretender que no se sentía afectada después de haberse acostado con él.

Se obligó a mirarlo a los ojos.

–Pareces sorprendido de que lo dude.

Matt entornó los ojos.

–Te dije que te amaba.

Su tono fue premeditadamente impersonal, carente de emoción, como si hablara de otra persona, de otra vida.

El recuerdo de la primera vez que se lo había dicho cruzó la mente de Claire. Una imagen de su rostro mientras hacían el amor, diciéndole una y otra vez: «Te amo. Siempre te amaré».

Cerró los ojos para protegerse de la emoción que la embargó. La total honestidad con la que se había expresado había quedado grabada en su mente para siempre, y por más que lo había intentado, jamás había logrado olvidarla.

–Sí –dijo finalmente–. Pronunciaste las palabras muchas veces, y yo te creí. Ojalá no lo hubiera hecho.

–¿Por qué? ¿Te habría resultado más fácil dejarme?

–Sí –dijo ella sin titubear. Y vio que desconcertaba a Matt–. Si hubiera creído que no me amabas habría sido más sencillo dejarte. Y también menos doloroso ver lo rápido que me olvidabas –desvió la mirada para poder continuar–. Juraste que me amarías pasara lo que pasara, pero no tardaste ni dos semanas en empezar a salir con otra.

–¿Marianna? –preguntó él.

–Marena –le corrigió Claire y rió con sarcasmo–. Parece mentira que yo lo recuerde y tú no.

–¿Cómo lo supiste?

–Mi amiga Rachel os vio y sacó unas fotografías.

–¡Qué gran amiga! –dijo Matt con sarcasmo.

–Intentaba ayudarme. No sabía que habíamos roto.

–Claire…

–Quizá debía haberme dado lo mismo. Después de todo, yo misma te presenté a Marena –una semana antes de romper, Matt había ido a buscarla a su clase de económicas y ella le había presentado a sus compañeras–. Cuando vi las fotos… –añadió. Pero calló al notar, avergonzada, que se le quebraba la voz.

Tampoco había logrado borrar las imágenes de Marena en minifalda, pegada a Matt mientras él le sujetaba el trasero con firmeza. La impresión había sido tal que vomitó. Su hermana había aparecido justo después con náuseas, y las dos habían acabado sentadas en el suelo del cuarto de baño, llorando. Curiosamente, fue entonces cuando Courtney confió en ella por primera vez.

–Y eso sólo fue el principio –continuó–. Seis meses después, lanzabais FMJ y os hacíais millonarios. Apenas tenías, ¿qué? ¿Veintiún años?

Matt no se molestó en confirmarlo. Parecía más ocupado en descifrar los sentimientos de Claire.

–No debió resultarte fácil encontrar noticias sobre nosotros en Nueva York.

Claire lo miró con sorpresa. ¿Fingía o no conocía la verdad?

–Para entonces había vuelto a casa y trabajaba en el Cutie Pies. Todo el mundo hablaba de ti, de tus fiestas y de las modelos con las que salías.

–¿Y nunca te preguntaste por qué actuaba así? –preguntó él, airado.

–Claro que sí. Ése es el problema.

Mientras ella volvía a casa a resolver el desastre causado por el hermano de Matt, él había seguido con su vida, comportándose como si fuera una estrella de rock.

Inicialmente no había sabido que era Vic quien había dejado embarazada a Courtney. Cuando por fin se lo había sonsacado, había querido denunciarlo por violación a una menor. Pero Courtney se había negado a denunciarlo a la policía porque no quería admitir que él la había manipulado para acostarse con ella. Y en un pueblo como Palo Verde, Claire había sabido que, sin la declaración directa de Courtney, la policía no abriría una instrucción contra una Ballard. Por eso su rencor hacia Matt había aumentado. Se había recuperado de su ruptura a una velocidad meteórica que sólo podía significar que nunca la había amado. Por comparación, su vida en Palo Verde, era una pesadilla que la llevó a pensar lo peor de él.

La amargura tiñó su voz cuando volvió a hablar:

—Se suponía que me amabas, que era el amor de tu vida.

—¿Y crees que mi manera de actuar demuestra lo contrario? ¿Nunca pensaste que salía con todas esas mujeres porque no podía tenerte?

—Lo que pensé fue que la palabra «siempre» tenía un significado distinto para ti que para mí.

—¿Qué quieres decir? —Matt sonó enfadado—. ¿Pretendes que crea que todavía me amas? Porque si fuera verdad que la palabra «siempre» tiene significado para ti, seguiríamos juntos.

Al propio Matt le sorprendió la emoción con la que habló. Raramente perdía el control, pero Claire parecía tener ese efecto sobre él. Aún peor fue ver la expresión de dolor que percibió en los ojos de Claire.

—Me dejaste por otro —continuó, abatido, intentando justificarse—. Te fuiste a Nueva York con Mitch y no volviste. Así que no hables de lo que te dolió verme con Marianna.

—Marena.

Matt encontró irónico no recordar el nombre de aquella chica ni de muchas con las que había salido, pero que jamás hubiera olvidado el de alguien a quien no había visto en su vida pero al que odiaba con toda su alma.

Después de tantos años, seguían esperando que Claire le diera una explicación sobre aquel Mitch. Pero antes de que pudiera exigírsela, sonó el timbre de la puerta.

Matt miró hacía el vestíbulo por la puerta entreabierta de la cocina y luego comprobó la hora.

—No son más que las siete. ¿Quién demonios puede venir tan temprano un domingo por la mañana?

Claire aprovechó su desconcierto para adelantarse hacia la puerta.

Sólo entonces Matt se dio cuenta de que la bolsa de Claire estaba al pie de la escalera. Ella la tomó rápidamente y antes de que Matt pudiera detenerla fue hacia la puerta de entrada, haciendo una pausa para girar la cabeza y decir:

—No hace falta que me lleves en avión a Palo Verde. Llegaré por mi cuenta.

Y se marchó.

Matt volvió a la cocina y vio el trozo de galleta con el que ella había estado jugando, aplastado en la encimera como un insecto. Quizá había creído que ocultaba el resentimiento que sentía hacia él porque mientras hablaba no le había dejado ver su rostro, pero si era así, se equivocaba porque había sido patente en su voz.

Matt recogió las migas y las tiró a la basura.

Desde la mañana que se habían encontrado en la cafetería, intentaba comprender por qué estaba tan furiosa con él. Después de todo, era ella quien lo había dejado plantado, ¿qué derecho tenía a estar enfadada?

Por fin tenía una respuesta aunque sólo fuera parcial. Le había molestado que se recuperara tan pronto. Pero tampoco eso lo explicaba todo.

La ruptura había sido brutal. Además de alabar las virtudes de Mitch, Claire se había ensañado enumerándole todos sus defectos. Era demasiado aburrido, demasiado listo, su trabajo le absorbía completamente y ella estaba harta de fingir que le interesaba lo que hacía.

Pero si eso era verdad, ¿por qué le había importado que saliera con otras mujeres o cuáles fueran sus proyectos? ¿Por qué había seguido FMJ tan obsesivamente como para conocer el proyecto *El cuervo*?

¿Y por qué mentía al respecto?

Era evidente que Claire creía que la discusión de aquella mañana había terminado. Sus ojos le habían indicado eso antes de marcharse. Le había dicho «adiós». Pero él no pensaba dejarla marchar.

Además, le había robado su sudadera favorita.

Capítulo Siete

—¿Dónde te llevó?

A Claire le habían hecho la misma pregunta todos sus amigos y clientes, desde los más jóvenes a los octogenarios del pueblo.

La última persona de la que esperaba recibirla, era Kyle, que en ese momento estaba sentado en la barra comiendo el sándwich de queso que le hacía todos los miércoles después del colegio. Ese día sus padres trabajaban por la tarde y ella se ocupaba de él. Steve y Shelby eran tan generosos como para comportarse como si les estuviera haciendo un favor cuando en realidad se trataba de uno de los mejores momentos de su semana.

Que le preguntara por su cita con Matt cuando no había mostrado el menor interés en los Ballard en toda su vida, le resultó desconcertante.

Como el resto del pueblo, el niño había adivinado que estaba relacionado con ellos porque sus ojos color caramelo y su cabello rubio eran idénticos a los de su abuela, así como su alergia a las fresas, y se había dado cuenta de que en su herencia genética había algo de Ballard.

A los siete años, había acudido a Claire y le había dicho:

«No quiero que papá y mamá crean que los quiero menos».

Ella le había explicado la verdad lo mejor que pudo, diciéndole que Courtney había tomado una decisión admirable al darlo en adopción porque sabía que con dieciséis años no estaba preparada para cuidar de él. Lo que no había sido tan sencillo era explicarle el papel de Vic, porque Kyle sabía que era su padre y que, aunque se lo cruzaba a menudo por el pueblo, ni siquiera le saludaba.

Como además era un chico muy listo, también era consciente de que, si los Ballard no lo habían reconocido ya, nunca lo harían.

Aquélla era la primera y la última vez que Kyle había hablado de ellos hasta aquel miércoles.

La pregunta la había pillado tan de sorpresa que se quedó mirándolo con la boca abierta.

–A un restaurante en San Francisco –dijo finalmente.

Kyle comió un bocado del sándwich.

–¿Qué tal es?

–Muy inteligente y cabezota –respondió ella sin pensar–. No aguanta a los irresponsables, y nunca… –calló bruscamente al darse cuenta de que no sólo estaba dando rienda suelta a una necesidad egoísta de hablar de él, sino también alimentando la curiosidad de Kyle.

Él la observaba con expresión aparentemente indiferente, pero Claire supo que había prendido en él una chispa de esperanza. Kyle era tan sensible como inteligente. Sólo ella sabía el profundo dolor que le causaba el rechazo de los Ballard, y se odió por contribuir a que pensara que Matt pudiera ser diferente a los demás.

Lo miró fijamente y concluyó:

–Es un buen hombre, pero no deja de ser un Ballard.

–Lo sé –Kyle tomó algunas de las patatas que acompañaban al sándwich antes de añadir–: ¿No irás a casarte con él, verdad, tía Claire?

–Desde luego que no –respondió ella de inmediato.

No se molestó en preguntarse qué le habría hecho pensar algo así cuando todo el pueblo parecía convencido de que… En realidad no sabía qué esperaban, ¿que se enamorara de ella? ¿Que apareciera y se la llevara a lomos de un caballo blanco?

Kyle, tan educado como era, esperó a tragar antes de decir:

–Me alegro. Hasta mamá ha pensado que ésa era la razón de que hubiera vuelto. Pero yo le he dicho que tú nunca dejarías el Cutie Pies.

Claire sintió el suelo temblar bajo sus pies.

–¿Qué quieres decir con que ha vuelto?

Kyle no notó el pánico que se reflejó en su rostro, y con toda naturalidad, respondió:

–Está en el pueblo. Es cliente de mamá. Por eso hoy trabaja hasta tarde.

La madre de Kyle trabajaba como agente inmobiliario. Claire empezó a entender por qué la gente sentía tanta curiosidad por su cita. Pero más que eso, lo que le aceleró el corazón fue la súbita preocupación de que Matt y Kyle se encontraran. El niño ya había sufrido bastante como para que otro miembro de la familia Ballard lo humillara con su indiferencia.

En ese preciso momento y antes de que pudiera considerar las implicaciones de la situación, miró hacia el exterior y vio a Shelby y a Matt bajar del coche de éste, que estaba aparcado delante de la cafetería.

Su primer instinto fue proteger al niño. Una cosa era que Matt jugara con sus emociones, y otra muy distinta que perturbara la paz de Kyle.

Matt no había pensado que su presencia en el pueblo pasaría inadvertida, pero tampoco había imaginado que fuera a causar tal expectación. La noche anterior se había alojado en un hotel en Comal Road, cuya dueña se había mostrado ansiosa por socializar, y a lo largo de la conversación había mencionado a Claire al menos en dos ocasiones, insistiendo en que la conocía a través de la cámara de comercio local y que «eran prácticamente amigas».

Por la mañana, había intentado escabullirse sin desayunar. Pero la dueña había insistido en prepararle tostadas y huevos revueltos y no había podido negarse.

Y eso sólo había sido el principio. La gente estaba mucho más dicharachera que cuando había acudido a la recogida de fondos para la biblioteca, hacía apenas unas semanas. Todo el mundo se paraba a hablar con él, y en un momento u otro, mencionaba a Claire.

El consenso general era que, además de hacer los mejores donuts del estado, era un ángel. Lo que pensaban de él parecían callárselo, o al menos se guardaban la opinión hasta ver cómo se comportaba.

Entre una cosa y otra, apenas había aprovechado el día. Había contratado los servicios de la agente inmobiliaria, Shelby Walstead, como excusa para volver. FMJ buscaba un emplazamiento para su nuevo laboratorio, y Palo Verde parecía una alternativa tan buena como cualquier otra. Aunque Ford y Jonathon estaban en Washington, habían aprobado la propuesta durante una videoconferencia. Montar un laboratorio en la zona les proporcionaría una serie de beneficios fiscales, contribuiría a mejorar la economía de la zona y, lo que era más importante a un nivel personal, permitiría a Matt permanecer en contacto con Claire.

Desafortunadamente, la agente sólo le había enseñado tres edificios, ninguno de los cuales era apropiado para lo que necesitaban. Matt pensó que debía de ser la peor agente de la agencia, ya que actuaba con un nerviosismo y una inseguridad propios de una novata. Finalmente, y para ayudarla a relajarse, había sugerido ir a tomar algo al Cutie Pies.

Por cómo había palidecido, la mujer debía de ser consciente de que estaba haciendo un mal trabajo y debía de temer que fuera a despedirla, pero después había aceptado la oferta tras comentarle que su hijo pasaba ratos en Cutie Pies después del colegio, y que así podría saludarlo.

Matt aparcó delante de la cafetería preguntándose cómo lo recibiría. No había conseguido hablar con ella desde que se fue de su casa, porque ni contestaba el teléfono ni le devolvía las llamadas. Se había molestado en conseguir su dirección de correo, pero tampoco había respondido a sus mensajes.

Por eso mismo le sorprendió verla salir de la cafetería e ir hacia él… Hasta que vio que se aproximaba en actitud beligerante. Llevaba el cabello reco-

gido en una coleta y el rostro limpio de todo maquillaje. Aun así, la encontró preciosa.

Claire pareció vacilar un instante al ver a la agente, a la que dirigió una tensa sonrisa.

–¡Hola, Shelby! ¿Vienes a recoger a Kyle o sólo a
verlo? Está en la barra, como de costumbre.

Shelby le devolvió una sonrisa igualmente crispada.

–Pensaba ir a…

Matt observó a un muchacho con una gorra de
béisbol que le impedía verle el rostro, sentado en un
taburete cerca de la pared con una gigantesca mo-
chila a su lado. Matt tuvo al instante la visión de sí
mismo en sus años escolares, cuando solía ir al Cutie Pies después del colegio porque le resultaba mucho más agradable que enfrentarse en su casa a una
familia disfuncional.

El chico se giró para mirar por la ventana, y alargó el cuello para intentar ver a los adultos que char-
laban en la calle. La escena le resultó tan familiar a
Matt, que tuvo la extraña sensación de estar viendo
una versión de sí mismo en el comedor de Claire.

Ésta interrumpió a Shelby, que soltaba una parrafada sin sentido.

–¿Por qué no vas a saludarlo? Me gustaría charlar
con Matt unos minutos.

–¡Ah! –Shelby los miró alternativamente con expresión nerviosa–. Muy bien. ¿Matt, qué te parece si
empezamos de nuevo por la mañana?

–De acuerdo –respondió Claire por él. Y antes de
que Matt pudiera protestar, lo tomó del brazo, lanzó una ojeada al interior del Cutie Pies, y lo condujo en el sentido contrario, hacia el parque.

A pesar de que había dicho que quería hablar con Matt, no pronunció palabra, así que fue él quien finalmente preguntó:

–¿Conoces bien a Shelby?

–¿Qué? –preguntó ella, sobresaltándose–. ¿A Shelby? Sí. Bueno, tan bien como a tantos otros.

–Pero lo bastante como para que deje a su hijo en tus manos ocasionalmente –dijo Matt, extrañado por las respuestas esquivas de Claire.

–¡Ah…! Bueno, es que somos casi familia –dijo ella, rascándose la frente. Habían llegado al parque y Claire tomó el sendero que lo cruzaba. Cuando continuó hablando, lo hizo con sorprendente vehemencia–. Kyle es un chico excepcional. Uno de esos chicos intuitivos que suelen adivinar…

Matt se detuvo, obligándola a hacer lo mismo.

–Claire, ¿qué pasa?

–¿Que qué pasa? Nada –dijo ella, más enfadada que confundida.

–Claro que sí –Matt escrutó su rostro, estudiando sus mejillas encendidas y su mirada ansiosa–. Estás yéndote por las ramas. ¿Qué querías decirme?

Claire tomó aire y se mordió el labio. Luego volvió a tomar aire, como si se preparara para un ataque verbal.

–No puedes mudarte aquí –dijo atropelladamente.

–¿Qué?

Claire continuó caminando sin parar de hablar.

–Odiabas el pueblo. No tiene ningún sentido que busques casa. No puedes estar pensando en serio en volver. No sería justo para nadie. Ni siquiera para ti mismo.

–No tengo intención de mudarme.

Claire se volvió hacia él y lo miró fijamente, como si quisiera averiguar si decía la verdad o mentía.

–¿No?

–No. Estoy buscando un local para montar un laboratorio de investigación y desarrollo. Ford piensa que Palo Verde es el lugar ideal si encontramos un edifico que requiera unas remodelaciones mínimas.

–¿Entonces tú no te instalarías aquí?

–No. Las oficinas centrales seguirían en Palo Alto.

Matt dio un paso hacia Claire para observarla detenidamente en la luz tamizada por la copa de un árbol. En cuanto le había contestado, había aparecido una expresión de alivio en su rostro. Pero también de algo más que no pudo interpretar. En cuanto al alivio, su ego no lo recibió como una noticia particularmente halagüeña.

–Escucha –dijo–. Sé por qué estás tan molesta.

–¿Sí? –la voz de Claire sonó aguda y tensa.

Matt odiaba verla tan nerviosa y tan distinta a lo habitual. Tuvo que reprimir el impulso de atraerla hacia sí, y para evitarlo, metió las manos en los bolsillos mientras se balanceaba sobre los talones.

–Sí. ¿Te acuerdas de que me advertiste de los cotilleos a los que iba a dar lugar nuestra cita? Pues ahora comprendo a qué te referías.

–Ah –Claire se llevó la mano a la cintura y, al darse cuenta de que llevaba puesto el delantal, se lo quitó.

–Todo el mundo intenta sonsacarme por qué he venido. Parece que piensan que me he enamorado de ti.

Claire dejó escapar una carcajada al tiempo que doblaba el delantal.

Sin poder contener la curiosidad, Matt le tomó la barbilla y la obligó a mirarlo.

–Pero tú no opinas lo mismo.

–Desde luego que no –Claire sacudió la cabeza. En su tono Matt percibió cierta tristeza, pero no desilusión–. Sé que eso es imposible. Y ni siquiera es lo que deseo.

–Me alegro –aunque le estaba resultando difícil entender su actitud, Matt tuvo la seguridad de que decía la verdad–. Porque la gente del pueblo tiene una actitud muy protectora hacia ti.

–¿Ah sí? –preguntó ella, arqueando una ceja.

–Sí. Varios me han advertido que te trate bien. Y una anciana de mejillas sonrosadas me ha amenazado con contratar a uno de los matones de *Los Soprano* si te rompo el corazón.

Claire no pudo contener una genuina carcajada.

–Sería la señora Parsons. Ve demasiada televisión.

–Evidentemente.

–Pero es inofensiva.

–Me tranquilizas. Había llegado a preocuparme.

Claire le lanzó una mirada de exasperación.

–Quiero estar enfadada contigo, así que te agradecería que no me lo pusieras difícil.

Su irritación era tan palpable que a Matt le extrañó que no le diera un puñetazo.

–No he venido a crearte ninguna dificultad.

–Pero lo has conseguido.

–Voy a pasar aquí una o dos semanas. Incluso más, si consigo encontrar un edificio.

Claire lo miró a los ojos.

–¿Puedes ausentarte tanto de FMJ?

–El hotel tiene WI-FI, así que puedo trabajar a distancia. Y estoy lo bastante cerca como para acercarme a las oficinas si alguien estropea un proyecto.

–¡Qué alivio! –exclamó Claire, sarcástica.

Matt sintió un nuevo impulso de tocarla y le acarició la mejilla. Al notar que se estremecía supo que, aunque su mente le dijera que no quería verlo, su cuerpo le enviaba un mensaje contrario. Seguía deseándolo tanto como él a ella. Así que lo que tenía que conseguir era vencer su resistencia racional.

–No puedo prometer que vaya a dejarte en paz mientras esté por aquí. Los dos sabemos que lo que hay entre nosotros no ha muerto.

Claire se separó de él.

–Te he dicho que no quiero…

–Me has dicho que no quieres complicaciones. Eso no es lo mismo que no desearme.

–Puede. Pero no puedo tener una cosa sin la otra.

–¿Y si pudieras?

–No tiene sentido plantearse lo imposible. Como mínimo, habría rumores y especulaciones. Y cuando te fueras, tendría que enfrentarme a ellas yo sola.

–¿Es eso lo que verdaderamente te importa?

Claire lo miró como si fuera idiota.

–Es una de las cosas que me preocupan –arrugó el delantal en el puño.

–¿Y si todo el mundo asumiera que sólo somos amigos?

–¡Qué tontería!

–¿Por qué? La gente sólo cotilleará si les damos motivos. Pero no hay nada más aburrido que una relación sin sexo.

–¿Sugieres que pretendamos que sólo somos amigos para que la gente pierda interés en nosotros?

–Exactamente.

–No había oído nunca algo tan absurdo.

Matt no pudo evitar reír ante el tono de indignación de Claire. Adivinar que, si insistía en buscar pelea, era una forma de liberar la tensión sexual que había entre ellos, le hizo albergar alguna esperanza.

Su risa sólo consiguió irritarla aún más.

–Se supone que eres un genio –dijo, acusadora.

–Y lo soy –lo cual no significaba que supiera tratar con la gente. Ése había sido siempre su punto débil, tal y como Vic había insistido en recordarle toda su infancia.

–Pues intenta ser más listo –dijo Claire con un resoplido–. Si pasamos tiempo juntos, la gente va a asumir que hay algo entre nosotros.

–¿Quieres decir que te sientes tan atraída por mí que no vas a poder disimularlo, que tus sentimientos son demasiado fuertes como para ocultarlos?

–¡Claro que no! –dijo ella, dando un paso atrás.

–Porque yo sí puedo –replicó él, avanzando hacia ella–. ¿Tú no?

–Por supuesto que sí.

–Me alegro –Matt dio un paso hacia delante y, al retroceder, Claire se encontró atrapada entre el tronco del árbol y él. Matt apoyó las manos a ambos lados de su cabeza y se inclinó hacia ella–. Porque o nos comportamos como amigos en público o voy a dejar bien claro lo que hay entre nosotros.

–¿Y si accedo a seguir tu plan, prometes dejarme en paz? –preguntó ella con la respiración entrecortada.

Matt sonrió, sin disimular el placer que le proporcionaba su inquietud.

–Claro que no.

Claire no confiaba en Matt. Sobre todo después de que le hubiera jurado que no la tocaría en público para poco después volver a acorralarla contra un árbol. Era verdad que no la había rozado, pero se había acercado lo bastante como para hacerle sentir el calor que irradiaba de su cuerpo.

Y lo peor era que ella había sentido el deseo de alzarse sobre las puntas de los pies y ofrecerle sus labios en una muda invitación que estaba convencida que Matt no habría rechazado.

Pero sabía que no podía caer en la tentación y estaba decidida a vencerla.

Posando las palmas de la mano en su pecho, lo empujó con firmeza.

Matt trastabilló hacia atrás y rió, mientras Claire aprovechaba para escapar.

–Voy a aceptar tu plan porque no me queda alternativa –dijo, levantando las manos a modo de escudo–. No puedo impedir que busques una sede para tu laboratorio, pero quiero que sepas que me parece una espantosa idea. Y que no confío en ti ni un ápice.

Matt fingió desconcierto.

–¿Que no confías en mí? ¿Por qué?

–Porque desconfío de tus motivos, y porque no eres un hombre de palabra.

Matt esbozó una sonrisa.

–Teniendo en cuenta que la única promesa que he hecho ha sido volver a seducirte para llevarte a la cama, te aseguro que puedes creer en mi palabra.

–¡No me refiero a eso! –dijo ella, crispada.

Había ocasiones en las que le hubiera gustado estrangularlo. Tantas como las que quería abrazarse a él.

–No tengo opción, ¿verdad? –preguntó al ver la sonrisa de satisfacción de Matt.

–Me temo que no.

–Pues no pienso volver a acostarme contigo, así que ya puedes borrar esa sonrisita de los labios.

–Sí, señora –dijo él, deslizando la mirada por el cuerpo de Claire para no dejar duda de lo que verdaderamente pensaba.

Claire estuvo a punto de gruñir de desesperación ¡Era incorregible!

Se encaminó hacia la salida del parque tan furiosa consigo misma como con él. Con un poco de suerte, Kyle y su madre se habría ido ya del Cutie Pies para cuando ellos llegaran.

Le preocupaba el interés que Matt despertaba en Kyle. Si se encontraban, podían darse dos situaciones. Que Matt hiriera sus sentimientos no dándose por enterado de que era su sobrino. O, lo que quizá tuviera peores consecuencias, que fuera amable con él para después olvidarlo cuando se fuera de Palo Verde.

Así que lo mejor sería que Matt y Kyle no llegaran a coincidir.

En cuanto a ella, el dolor que iba a sentir cuando Matt se marchara ya no podía prevenirse, porque la suerte estaba echada, como siempre, y por eso mismo había accedido a seguir el plan de Matt.

La única manera de garantizar que Matt no hiriera a Kyle era que no se conociesen. Y para asegurarse de ello, ella debería pasar el mayor tiempo posible con Matt. Si lo entretenía durante aquella semana, se marcharía sin causar ningún mal.

La idea original de evitar que se extendieran los rumores era ridícula, pero estaba segura de que Matt lo sabía. A él lo único que le importaba era conseguir lo que quería: poder acosarla.

Pues tendría lo que quería. Dejaría que la acosara, pero no se dejaría atrapar.

Capítulo Ocho

Matt era capaz de desmontar y montar cualquier artefacto y de comprender las especificaciones técnicas de cualquier máquina. Era el autor o coautor de más de cincuenta patentes. Había creado con su equipo de investigación y desarrollo tal cantidad de productos innovadores que una revista lo había nombrado «El hombre que salvará el mundo».

Pero en lo que referente a las mujeres... le resultaban un misterio. No se trataba de que no pudiera satisfacerlas. Eso era una cuestión biológica. El problema era comprender lo que tenían en la cabeza.

Como mucho, era capaz de enfrentarse a un cerebro femenino por vez, y por eso decidió no molestarse en adivinar por qué le caía mal a Shelby Walstead. Sin embargo, ello contribuyó a que la semana fuera completamente infructuosa en cuanto a la tarea que tenía encomendada.

–¿Cómo que sólo has visto cinco edificios? –preguntó Jonathon por videoconferencia cinco días más tarde.

Matt estaba sentado en el jardín del hotel con dos ventanas abiertas en la parte superior de la pantalla del ordenador en las que podía ver a Ford y a Jonathon. Cuando estaban de viaje hablaban al menos una vez por semana. Aunque Ford era el director general, Jonathon era la figura de autoridad, el más severo y el que siempre los ponía firmes.

–Déjalo en paz –dijo Ford en defensa de Matt–. Sólo lleva cuatro días, y a nadie le gusta ver propiedades.

Para contribuir a su defensa, Matt dijo:

–Creo que no le gusto.

Jonathon puso los ojos en blanco.

–¿Es que tienes diez años? Deja de pensar en Claire y…

–No me refiero a Claire, sino a la agente. ¿De dónde ha salido?

–La contrató Wendy. Y da lo mismo lo que piense de ti. Ve a ver unos cuantos edificios, toma una decisión y vuélvete.

–Espero que al menos las cosas con Claire vayan mejor –apuntó Kitty, asomando por encima del hombro de Ford.

–Me da lo mismo como estés con Claire –refunfuñó Jonathon.

–Mi relación con ella va muy bien –dijo Matt con forzada animación.

Y no mentía. La veía regularmente. Cada mañana, después de ir con Shelby a una visita, iba a comer al Cutie Pies y pasaba la tarde con Claire, que se había convertido en una obsesiva monitora de tiempo libre.

Parecía haberse tomado a rajatabla la idea de demostrar al pueblo que sólo eran amigos, y cada tarde tenía programada una actividad: participaron en una competición de ajedrez, fueron a una excursión por los manzanales de la comarca, le hizo formar parte de un jurado en una competición infantil de ciencia…

–No tiene sentido que te quedes si no consigues nada –apuntó Jonathon.

–Puede que tarde un poco –dijo Matt a la defensiva–, pero te aseguro que acabaré por encontrar lo que necesitamos.

–Espero que sea verdad. Tu equipo te echa de menos. Ya sabes que ni Ford ni yo podemos hablar con ellos de cuestiones técnicas y que, si no estás tú para hacer de intérprete, la producción se atasca. Pasé ayer por el laboratorio y los encontré jugando al ordenador.

Matt rió.

–Típico –su equipo era magnífico pero tendía... a la dispersión. Aun así, cuando les presentaba un proyecto interesante, podían hacer milagros.

–No sé de qué te sientes tan orgulloso –gruñó Jonathon–. Eso nunca pasa cuando tú estás aquí.

–Lo dices como si me pasara la vida en la oficina.

Ford rió.

–Y así es. ¿Cuándo te fuiste de vacaciones por última vez?

–El año pasado fui a una conferencia en San Antonio –protestó Matt.

Se oyó una voz de fondo y un segundo más tarde apareció Kitty en la pantalla.

–Matt, cariño, ir a una conferencia a cuarenta minutos de casa no es ir de vacaciones –su mirada se desvió al dirigirla a Jonathon–. Y tú no deberías agobiarlo. Se merece un descanso. No todo el mundo está casado con su trabajo, como tú.

Kitty y Ford intercambiaron una mirada de complicidad que perturbó a Matt porque le costaba imaginar qué se sentiría al tener un vínculo tan fuerte con alguien. Ford, Jonathon y él eran más que amigos, hermanos. Pero no podía evitar envidiar la relación de Ford y Kitty. Estaban más cerca el uno del otro de lo que él se había sentido con nadie en toda su vida. Excepto quizá con Claire, y su relación había acabado como había acabado.

Tal vez había personas a las que les estaba vetado experimentar algo así.

Después de varios intercambios y algunas bromas de Ford sobre lo mucho que trabajaba, Matt dio la conversación por terminada.

Fingir que Claire y él eran amigos para acallar rumores era una cosa, pero había llegado el momento de que aquella «amistad» evolucionara.

Claire vivía en una peculiar casa de los años veinte, en la zona sur del pueblo. Larga y estrecha, se asentaba sobre lo alto de una loma. El dueño anterior había hecho bancales en la ladera para allanarlo, y Claire intentaba conservarlos.

Aunque el barrio no tenía nada de sofisticado, resultaba cómodo y apacible; el tipo de barrio en el que residían parejas maduras y adultos solteros como Claire, que se acostaban temprano para leer novelas de misterio. Nadie llamaba a la puerta después de las diez.

Así que Claire se había duchado y puesto el pijama de pantalones cortos y camiseta cuando Matt llamó el martes a las diez y cuarto.

Cuando vio por la mirilla que se trataba de Matt, estuvo a punto de volver a la cama. Él pareció adivinar sus intenciones y volvió a llamar al tiempo que alzaba la voz para decir:

–Claire, cuanto más tiempo pase aquí fuera, más gente va a verme.

Claire abrió pero le bloqueó la entrada.

–No voy a dejarte pasar, Matt. Estás rompiendo tu promesa.

Él no se molestó en fingir que no comprendía.

–Estoy harto de fingir que somos amigos –con las manos en los bolsillos y los labios adelantados, parecía un niño disgustado por haber perdido su juguete favorito. Pero no había nada infantil en el fuego con el que ardía su mirada. Bajó la voz hasta convertirla en una caricia–. Estoy cansado de jugar.

Claire sitió que su firmeza se quebraba, pero intentó hablar con determinación.

–Tengo que levantarme temprano. Estoy cansada y es tarde.

Desde luego que estaba cansada. De hecho, exhausta tras una semana haciendo equilibrios entre el trabajo y la necesidad de mantener a Matt entretenido.

Además, era demasiado tarde, no ya en el día, sino en su vida. Sencillamente, se sentía demasiado mayor.

Matt seguía mirándola, apoyado en el marco de la puerta y con una sonrisa en los labios.

–Vamos, Claire –sacó las manos de los bolsillos para tomar las de Claire y acariciarlas–. Déjame pasar.

Habló con tanta dulzura, su caricia fue tan delicada, que Claire sintió un hormigueo en el estómago y una pulsante sensación entre las piernas.

El recuerdo de Matt doce años atrás, en la misma postura y actitud, la primera vez que quedaron, la asaltó.

Aquel día habían coincidido en una cafetería del campus. Ford, Jonathan y él estaban sentados en una esquina, enfrascados en una intensa conversación. En cuanto vio a Matt su corazón se aceleró.

Estaban dos cursos por delante de ella, y ya desde el colegio la intimidaban.

Ford era el chico más popular y ligón de su clase. Jonathan, procedía de una familia humilde y desestructurada, pero había dado pronto muestras de una inteligencia y una determinación que permitían augurar un brillante futuro.

Pero a ella siempre le había gustado Matt, tan serio y tan intenso. También en él se intuía desde adolescente que estaba destinado para hacer grandes cosas y que se iría de Palo Verde.

Al verlo, su corazón se había acelerado de tal manera que temió que pudieran oírlo. Él alzó la mirada en ese instante, y cuando sus ojos de color caramelo se clavaron en ella, creyó derretirse. Matt le había saludado con un movimiento de cabeza. Ella había farfullado un nervioso «hola» antes de seguir a la amiga que la acompañaba y que se le había adelantado.

Durante el resto del día, se había recriminado por no haberse detenido a hablar, por haberse puesto nerviosa, por dejarse apabullar por él. Pero milagrosamente, Matt la había localizado, y se había presentado en la puerta de su apartamento para preguntarle si quería salir.

Y ella le había dejado entrar.

−¿Te acuerdas del día que viniste a buscarme por primera vez? −preguntó, sorprendiéndose a sí misma.

Matt alzó la cabeza, desconcertado. Un segundo más tarde, se irguió, como si también se hubiera dado cuenta de la similitud de la escena.

−Sí −respondió con solemnidad.

Claro que lo recordaba. También había sido la primera vez que había hecho el amor.

Claire no podía salir porque al día siguiente tenía exámenes y si los suspendía, perdería su beca. Así que en lugar de salir, habían pedido una pizza y la había ayudado a estudiar. Hasta que, tres horas más tarde, había acabado haciendo el amor en el sofá.

Aquel día la había mirado con la misma intensidad con la que la observaba en aquel momento y que todavía hacía que le temblaran las piernas. La única diferencia era que ella ya no era tan inocente.

–Entonces creía que era muy romántico que no pudieras dejar de tocarme –dijo, intentando soltar sus manos.

Pero Matt se las sujetó con firmeza y avanzó hacia ella al tiempo que deslizaba las manos por sus brazos.

Claire se sintió atrapada por su caricia, incapaz de liberarse.

–Ahora sólo pienso que era una idiota.

Matt alzó la mirada, arqueando las cejas.

–Idiota, no. En todo caso, impetuosa. Los dos lo éramos.

Claire sacudió la cabeza y finalmente se separó de él. Pero para ello, tuvo que entrar en el salón y Matt, siguiéndola, cerró la puerta tras de sí. Su presencia hizo que el espacio pareciera encogerse. Claire habría querido huir, pero adónde. No tenía más remedio que enfrentarse a él, y de pronto se sintió como La Bella Durmiente. ¿Quién iba a salvarla del príncipe?

Matt podía intuir que Claire pretendía escapar, pero habiendo derribado aunque fuera sólo pasajeramente sus defensas, no podía dejarla escapar. Por el contrario, optó por lanzar una ofensiva en toda regla, y cruzando la distancia que los separaba, le tomó la barbilla para obligarla mirarlo.

Cualquier otra mujer habría actuado con falsa timidez o modestia, pero no Claire. Ella alzó la mirada y clavó sus ojos en él, obviamente incomodada por su presencia, pero demasiado orgullosa como para no aceptar el reto. Así era su Claire. No había pelea en el mundo a la que no le plantara cara, aun sabiendo que no podía ganarla.

Pero aquella noche, lo que había entre ellos no tenía por qué ser una batalla, ni tenía por qué haber un perdedor. Ambos podían salir victoriosos y satisfacer la enfebrecida necesidad que los consumía. Para ello, tendría que convencerla.

El problema era que charlar no estaba entre sus habilidades, pero recordó que Ford solía decir que los argumentos más convincentes eran los más veraces. Y decidió apostar porque estuviera en lo cierto.

–Los dos hemos cambiado, pero aquí me tienes, todavía llamando a tu puerta. E igualmente desesperado porque me hagas un hueco en tu vida.

Claire dejó escapar una risita nerviosa, cargada de tensión sexual.

–¿Te hace gracia? –preguntó Matt.

Claire se mordió el labio, mirándolo con una leve impaciencia.

–Me hace gracia que actúes como si tú fueras el que está en desventaja. Está claro que nunca lo has entendido –intentó mirar hacia otro lado, pero Matt mantuvo su barbilla con firmeza.

–Claire, tú siempre has tenido el poder. Siempre he estado a tu merced.

Aquella noción pareció extrañarla, y Matt pensó que era verdad que no sabía el poder que ejercía sobre él. Al intuir que se disponía a empezar una discusión, hizo lo único que se le ocurría cuando no conseguía que Claire le entendiera: demostrárselo con hechos en lugar de con palabras. La besó. Y como siempre que la besaba, una vez comenzó, no pudo parar.

Tras un débil intento de resistirse, Claire fue relajándose en sus brazos, hasta que levantó las manos y hundió los dedos en su cabello antes de aferrarse a sus hombros y empezar a tirarle de la ropa. Poco a poco fue empujándolo hacia atrás y él se dejó llevar, permitiendo que ella marcara los tiempos por temor a precipitarse y a que la pasión que lo consumía la asustara.

La ropa de ambos fue cayendo al suelo según avanzaban: la camisa de Matt, la camiseta de Claire, los vaqueros de él, los pantalones cortos de Claire… hasta que Matt la tomó en brazos y la llevó a la cama, y los dos se desplomaron en un amasijo de almohadas, abrazos y tórrida pasión.

Matt se incorporó sobre el codo y la observó, obligándose a refrenarse mientras le quedara un atisbo de autocontrol. Esperó mientras Claire se revolvía bajo él, buscando el contacto con su cuerpo, ofreciéndose a él. Hasta que finalmente, lo miró a los ojos y sostuvo su mirada.

En los de ella Matt pudo ver que seguía sin aceptar que lo que había entre ellos era tan intenso que ninguno podía matarlo. Él lo había aceptado tiempo atrás. Desde la primera vez que se acostaron supo lo que Claire representaba para él. Ella tenía dieciocho años; él veintiuno.

De hecho, si reflexionaba, había sabido lo que sentía por ella ya en el colegio. Y besarla en el presente, aspirar el aroma de su piel, le devolvió un recuerdo que había quedado aletargado en su cerebro. Era otoño, corría un aire fresco, perfumado a manzana. Él estaba sentado en las escaleras del colegio, esperando a Ford y a Jonathan. Ella había bajado, pasando de largo junto a él, hasta llegar a la acera. Entonces, quizá porque había olvidado algo, se detuvo y, dando media vuelta, volvió a subir. Al verlo, se había detenido cuatro peldaños más abajo, sus ojos al mismo nivel que los de él. Ninguno de los dos había desviado la mirada y el tiempo pareció detenerse bruscamente. Matt la había deseado al instante, pero el terror lo había paralizado. Entonces no sabía lo que sabía en aquel momento. Pero lo adivinó en cuanto la besó por primera vez. Había intentado olvidarlo durante años, pero había sido en vano. Claire lo era todo para él: su amor, su compañera, su todo.

Nada tenía importancia. Ni su trabajo, Ni FMJ, ni su amistad con Ford y Jonathan. Nada. Y con esa certeza, se adentró en ella sin dejar de mirarla, diciéndole con el cuerpo aquello que todavía no estaba preparado para volver a expresar con palabras: «Te quiero, siempre te he querido; siempre te querré».

Claire no quería dejar el refugio de los brazos de Matt por más que supiera que era irónico sentirse segura en ellos cuando, en lo relativo a su corazón, era el hombre más peligroso que conocía.

Sacudiéndose de su letargo y de la magnética presencia de Matt, se levantó. Sobre el respaldo de la si-

lla próxima al armario, había unos vaqueros y una sudadera que se puso precipitadamente. Matt se incorporó, adormecido, y la miró.

–¿Dónde vas?

Claire pensó que estaba absurdamente sexy con
el cabello despeinado y las sábanas enredadas a la altura de sus caderas, y le irritó pensar lo fácil que sería volver a la cama, acurrucarse en sus brazos y dejarse atrapar por el sueño. Luego despertarían,
harían el amor y ella prepararía el desayuno. Y po-
drían hacer lo mismo al día siguiente. Y al siguiente.

Pero ¿hasta cuándo? Siempre intentando acallar
las dudas que la asaltaran. Siempre esperando al día
que se cansara de ella.

–Lo siento, Matt –masculló–. No puedo seguir fingiendo.

–¿Fingiendo el qué?

–Que esto no va a acabar mal para mí, que dentro
de unas semanas, quizá meses, no vas a aburrirte de
mí y no vas a dejarme.

Matt entornó los ojos para aguzar la mirada, se
sentó abrazándose las rodillas.

–Tan convencida estás de que esto va a acabar.

–Sí –la escrutadora mirada de Matt hizo sentir
vulnerable a Claire. Para distraerse, empezó a recoger la ropa el suelo y a tirarla sobre la cama–. La última vez al menos era inocente e ingenua. Pero ahora no tengo excusa posible.

–¿De qué estás hablando, Claire? ¿No piensas dar-
nos una oportunidad?

–¿Para qué? –Claire encontró un zapato, pero no
el otro–. Lo único que hay entre nosotros es sexo.

Se detuvo un instante con el zapato en la mano, esperando a que Matt dijera algo y se odió por albergar la esperanza de que la contradijera y dijera que la amaba de verdad, que los años que habían permanecido separados no eran más que un error. Pero al ver que Matt guardaba silencio, continuó:

–Que el sexo sea maravilloso entre nosotros no compensa lo demás. No puedo actuar como si me diera igual que sólo me quieras en tu cama. No es bastante para mí –dejó escapar una risa amarga–. Tampoco debía haberlo sido en el pasado.

Matt tenía la mandíbula en tensión y una mirada inescrutable.

–¿Eso es todo lo que fue para ti: sexo?

–¡Claro que no! –Claire notó que los ojos se le llenaban de lágrimas. Se giró y, agachándose, siguió buscando el zapato frenéticamente–. Pero es evidente que para ti, sí.

–Evidentemente –replicó él, sarcástico.

Claire se secó las lágrimas con brusquedad. Dejó el zapato y rebuscó entre las mantas que habían caído al suelo.

–Y si volvemos a estar juntos, acabarás rompiéndome el corazón de nuevo.

–¿Cómo es posible que te rompiera el corazón si tú me dejaste a mí?

Claire le oyó levantarse pero resistió el impulso de mirarlo mientras se vestía.

–Ya sé que yo te dejé, pero…

–No hay «peros» que valgan –exclamó Matt, enfadado–. Tú… me… dejaste, y te aseguraste de que no fuera tras de ti.

–Así es –dijo ella con amargura–. Pero no creí que nos separaríamos para siempre.

–Es decir, que pensaste que podías destrozarme, dejarme por Mitch y su motocicleta, y volver a mi lado cuando te viniera en gana.

Claire lo miró una fracción de segundo sin saber de qué hablaba.

–¿Mitch?

Y entonces recordó la elaborada mentira que había preparado para hacer creer a Matt que lo dejaba. Un nombre que se había limitado a improvisar.

–No había ningún Mitch –se sentó en el suelo, abandonando la búsqueda del zapato–. Nunca ha habido ningún otro.

–Tú dijiste que me dejabas por otro tipo, mucho más divertido y aventurero –dijo Matt, articulando casa palabra con énfasis–. Así que, si no fuiste con él a Nueva York, ¿qué hiciste?

–¿De verdad que no lo has adivinado todavía?

–Preferiría que me lo dijeras.

–Vine a Palo Verde.

Por culpa de lo que Vic había hecho, para cuidar de una hermana que la necesitaba, pero que no quería admitirlo; junto a los abuelos que les dieron la espalda. Pero nada había sido tan doloroso como ver desde la distancia que él rehacía su vida, como si ella nunca hubiera existido.

Miró a Matt y vio que apretaba los labios en un amargo rictus.

–Estabas tan desesperada por perderme de vista que tuviste que inventar excusas.

–No. Inventé excusas para que no me siguieras.

Claire se dio cuenta de que estaba temblando. Se pasó una manta por los hombros y se puso en pie.

–Eso pasó cuando todavía creía que te importaba.

Antes de que me diera cuenta de que el chico del que me había enamorado no existía en realidad, sino que era un actor que decía las palabras precisas para acostarse conmigo.

–No crees eso en verdad.

–Ya no sé lo que creo. Pero entonces, sí lo creí. Y lo que hiciste después de que me fuera sólo sirvió para confirmarlo. No eras más que otro Ballard dispuesto a aprovecharte de una Caldiera porque eran chicas fáciles. Puede que sigas pensando lo mismo.

Antes de que Matt preguntara qué quería decir, Claire salió del dormitorio. La siguió al salón.

–Lo siento, Matt, pero quiero que te marches –dijo ella con determinación.

–No pienso…

–Quiero que te marches del pueblo. Ya tengo una vida bastante complicada como para que tú la compliques aún más.

Aquellas palabras lo atravesaron como un cuchillo. Levantó la camisa del suelo y se la puso. Luego, sin pensárselo, fue hacia Claire y la estrechó entre sus brazos. Claire se resistió inicialmente al beso, pero pronto se entregó a él dejando caer poco a poco sus defensas. La mirada desafiante que le había dirigido hacía unos segundos no tenía todavía reflejo ni en su cuerpo ni en su boca. Quizá la razón le decía que no lo deseaba, pero su cuerpo no quería dejarlo marchar. Y al saberlo, Matt sintió un inmenso alivio. Por mucho que ella creyera que había un obstáculo insalvable entre ellos, siempre les quedaría aquello.

La besó a un tiempo con pasión y delicadeza, recorriendo con la lengua cada recoveco de su boca, estrechándola con fuerza para sentir sus cuerpos en contacto como si con ello pudiera impedir que Claire le obligara a marcharse; como si, mientras no la soltara, pudiera retenerla para siempre.

Hasta que al separar los labios de los de ella y besar su mejilla, paladeó la sal de sus lágrimas. Obligándose a separarse de ella sin llegar a soltarla, la miró fijamente. Apretaba los ojos cerrados, tenía los labios rojos e hinchados y las mejillas humedecidas por el llanto. Lentamente, abrió los ojos y Matt pudo ver en ellos tanto tristeza como rencor.

–Esto demuestra lo que digo –dijo ella con dulzura–. ¿Te hace sentir mejor saber que no puedo resistirme a ti?

Matt habría querido que fuera verdad, pero no era eso lo que quería. Quería que lo necesitara tan desesperadamente como él a ella, pero no sólo en la cama, sino en su vida.

Antes de que pudiera dar forma a un pensamiento que a él mismo le asustaba, Claire señaló la puerta.

–Márchate. Será lo mejor para todos.

–Dirás que es mejor para ti –dijo Matt.

Porque para él no lo era. Aun así, se marchó. Salió descalzo en medio de la noche, sintiéndose mucho más infeliz que antes de llegar.

Capítulo Nueve

Matt no mantenía una relación con Vic como para ir a pedirle consejo. Cuando una terapeuta con la que había salido le insinuó que sus padres habían alentado la rivalidad entre ellos durante su infancia, rompió con ella. No necesitaba que nadie le dijera que Vic era un cretino y que ni él ni el resto de su familia, ni su deportista padre, ni su madre, obsesionada con la alta sociedad, habían sabido cómo tratar a un chico más inteligente que todos ellos juntos.

Ésa era una de las razones de que Matt no hubiera pisado las oficinas de Ballard Enterprises desde de la muerte de su padre, cinco años atrás. Mientras esperaba fuera del despacho que en el presente pertenecía a Vic, pensó que le hubiera gustado que fuera el tipo de hermano al que se acudía en busca de ayuda.

Pero él había sabido que no lo era a la edad de seis años. Vic le había retado a desmontar el ordenador que su padre acababa de comprar. Matt seguía convencido de que lo habría vuelto a montar si Vic no hubiera corrido a chivarse a sus padres. Desde ese momento supo que Vic aprovecharía cualquier oportunidad para crearle problemas. Y por eso él no le había dado ninguna.

Pero en aquel momento estaba seguro de que Vic tenía algo que ver en las dificultades que tenía con

Claire, y estaba allí para aclararlo. Puesto que ella le había suplicado que se marchara, no tendría más remedio que hacerlo. Pero no sin antes asegurarse de que su familia, que parecía ser parte del problema, la dejaba en paz.

Tras hacerle esperar más de una hora, Rachel, la despampanante secretaria de Vic, le hizo pasar. Matt ocupó la silla al otro lado del escritorio y miró a su alrededor. El despacho apenas había cambiado desde los días en que su padre lo ocupaba. Las fotografías de él con distintas celebridades y políticos que solían cubrir las paredes habían sido reemplazadas por otras similares con Vic de protagonista y una de las repisas estaba cubierta de los trofeos ganados por Vic como estrella del fútbol en la universidad. Pero el resto, seguía igual que veinte años antes.

Incluso Vic, al que Matt, aparte de la noche de la subasta, no había visto desde el funeral, empezaba a parecerse a su padre cuando ellos eran pequeños.

Vic permaneció al teléfono como si estuviera tratando un asunto importante, aunque al cabo de unos minutos Matt se dio cuenta de que no hablaba más que de un club de fútbol inexistente. Finalmente, Vic colgó, se puso en pie y le tendió la mano.

–¿Cómo estás, hermano?

Matt no se molestó en levantarse.

–Quiero que dejes en paz a Claire.

Vic se quedó unos segundos callado, con la mano en el aire, hasta que se la pasó por el cabello y compuso una sonrisa de inocencia.

–No sé de qué me estás hablando.

–Me marcho del pueblo –Matt apoyó los codos en

el escritorio–. Por algunas cosas que me ha dicho, he deducido que tú, o quizá nuestra madre, la habéis importunado.

–De verdad que…

–Sea lo que sea, tiene que acabarse –dijo Matt en un tono que no admitía discusión.

–Pero es que…

Matt se puso en pie.

–No quiero que hables con ella ni que te acerques a la cafetería. Y quiero que te asegures de que nuestra madre, tampoco.

Vic abandonó su falso desconcierto y lo miró fijamente.

–Vaya, se ve que te tiene atrapado.

–Cuidado con lo que dices, Vic.

Pero Vic no era lo bastante listo como para tomarse en serio la amenaza.

–No me malinterpretes. Es comprensible. Tengo que reconocer que es una mujer muy sexy y…

Matt no le dio la oportunidad de concluir. Rodeando el escritorio, empujó a Vic contra la pared y le presionó la garganta con el antebrazo. Vic abrió la boca para respirar, con los ojos desorbitados.

–¿Sabes, Vic? Siempre has cometido el error de creer que porque soy listo no puedo ser duro. Me has machacado toda la vida y yo lo he dejado pasar porque no me parecía que valiera la pena pelearse contigo. Pero no tienes ni idea de lo que soy capaz –Matt notó la garganta de Vic ceder bajo la presión de su brazo y la desesperación con la que le clavaba los dedos en el hombro. Finalmente, lo soltó y dio un paso atrás–. Como vuelvas a mirarla o a acercarte a ella, te aseguro que volveré y te destrozaré.

–No puedes hacerme ningún daño –dijo Vic, masajeándose la garganta.

–Ballard Enterprises apenas obtiene beneficios para sosteneros a ti y a mamá. Lleváis años vendiendo acciones discretamente para financiar vuestro ostentoso estilo de vida. Pero lo que no sabes es que soy yo quien las ha comprado, y que me encantaría ir arrebatándoos todo lo que poseéis hasta dejaros sin nada. No hagas que la perspectiva me resulte más tentadora de lo que ya es.

–No harías algo así a tu familia.

Matt miró a su alrededor.

–Vosotros ya no sois mi familia.

Dio media vuelta decidido a no volver a pisar aquel lugar nunca más. Al llegar a la puerta, se volvió y vio a su hermano hinchar el pecho como solía hacer de pequeño cuando buscaba pelea con un niño más débil que él.

–¿Qué pasa, que crees que el chico de los Walstead es ahora tu familia? –dijo Vic en tono acusatorio–. ¿Crees que van a querer relacionarse contigo?

Matt lo miró desconcertado.

–¿Qué quieres decir con eso?

Vic lo miró con ojos entornados, como una serpiente a punto de atacar, y esbozó una sonrisa despectiva.

–¿Claire no te lo ha dicho? –la sonrisa dio paso a una sarcástica carcajada–. Si yo fuera tú, iría a ver a Kyle Walstead y me fijaría en él detenidamente.

Matt había pasado más de media hora el día anterior delante de la casa de Claire después de dejarla llorando, convencido de que era la última vez que la veía. Pero tenía que averiguar qué había querido decir Vic al referirse a Kyle Walstead.

Puesto que según le había dicho Shelby, Kyle pasaba las tardes de los miércoles en el Cutie Pies con Claire, decidió ir a esperarla a su casa para evitar coincidir con el chico. Pero eso le contrarió encontrarlo sentado en los escalones del porche.

Kyle no parecía tener nada especial. Matt recordaba haberlo visto a través de la cristalera de la cafetería, pero no se había fijado especialmente en él. En aquel momento, mientras caminaba desde el coche hacia el porche, lo estudió con detenimiento. El chico debía de tener pocos años o era menudo para su edad.

Por un momento, dada su inexperiencia con niños, pensó en marcharse, pero después de lo que Vic había dicho, estaba convencido de que en él residía la clave de parte de lo que sucedía con Claire.

El chico se tensó cuando le vio acercarse. Por un momento frunció el ceño en un gesto de sorpresa; luego se puso en pie y se pasó las manos nerviosamente por las perneras de los pantalones. Llevaba una gorra de béisbol que casi le cubría el rostro. Matt se detuvo al pie de las escaleras.

–Hola. Eres el chico de Shelby, ¿verdad?

Kyle lo miró como si fuera una pregunta estúpida, antes de asentir con la cabeza.

–Sí, señor –metió las manos en los bolsillos y alzó los hombros.

Matt no sabía juzgar la edad, pero supuso que debía de tener once o doce años. Algo en su actitud le recordó a sí mismo a su edad, cuando desconfiaba de los adultos.

–¿Estás esperando a Claire? –preguntó, empezando a subir las escaleras.

Kyle pareció titubear, pero acabó sentándose en un extremo del escalón superior, con la espalda apoyada en una columna de madera. Matt se sentó en el extremo opuesto, con los codos apoyados en las rodillas, y tras dirigirle una mirada furtiva, se preguntó qué podía tener de especial aquel chico de apariencia normal para jugar un papel central en aquel enigma.

–Creía que solías ir al Cutie Pies los miércoles por la tarde –comentó, para animarlo a hablar.

–Sí, pero la tía Claire ha dicho que estaba enferma y no ha ido a trabajar. He venido a verla, pero no está y…

–¿La tía Claire? –preguntó Matt, interrumpiéndolo.

–Sí.

Matt se frotó el puente de la nariz, intentando asimilar que la situación empezaba a complicarse.

–Creía que la hermana de Claire se llamaba Courtney.

Reflexionó unos segundos. Estaba seguro de que ése era el nombre de la hermana de Claire. Pero además, Shelby y Claire no se parecían nada, y Shelby era demasiado mayor como para ser la hermana menor de Claire. No tenía sentido.

Cuando Matt volvió a mirar a Kyle, éste se había quitado la gorra y se rascaba la cabeza.

–Soy adoptado –más que parecer incómodo, el chico lo miró inquisitivamente, y añadió–: La tía Claire es mi verdadera tía.

Fue su tono lo que puso a Matt alerta, la forma en

121

que pareció querer decir que era obvio, como si él debiera saber algo pero fuera demasiado estúpido como para verlo aunque lo tuviera ante sus propios ojos.

Y entonces Matt estudió el rostro de facciones todavía poco definidas de Kyle, pero de una similitud indiscutible con Claire, que se apreciaba especialmente en la barbilla afilada y orgullosa.

De hecho, lo único distinto a ella eran los ojos, que eran idénticos a los suyos.

Claire sintió que el corazón se le encogía en cuanto detuvo el coche delante de su casa y vio a Kyle y a Matt sentados en las escaleras del porche. Al observarlos, en la misma postura, no pudo evitar pensar que su parecido iba más allá de lo puramente físico.

Tras haber hecho todo lo posible por evitar que se encontraran, sintió una extraña sensación de alivio a pesar de saber que Kyle debía de estar angustiado, y que hubiera sido mejor presentarlos que dejar que se encontraran por casualidad.

Asió las llaves con fuerza y bajó. Al verla, Kyle y Matt se pusieron en pie. Al llegar a lo alto, ella pasó el brazo por los hombros de Kyle y lo acercó hacia sí en actitud protectora.

–Creía que te marchabas del pueblo –dijo a Matt.

–Tú me pediste que lo hiciera –dijo él con aspereza, mirándolos alternativamente–. Pero eso no significa que tenga que hacerlo.

Claire prácticamente podía leerle el pensamiento. Matt por fin sabía por qué quería que se fuera. Pero lo que era aún más importante, era verdad que hasta ese momento no había tenido ni idea.

Durante todos aquellos años, ella había creído que conocía la existencia de Kyle y que, como el resto de los Ballard, había decidido ignorarlo. Sin embargo, su expresión de desconcierto no podía ser fingida.

–¿Por qué no vas a esperarme al coche? –dijo a Kyle–. Enseguida te llevo a casa.

Kyle fue a protestar, pero bastó que lanzara una mirada a Matt para que se escabullera. Matt, que tenía los puños apretados y la mandíbula en tensión, se dijo que era un chico listo. En cuanto lo vio entrar en el coche, dijo:

–Ésta es una conversación de la que no puedes huir.

–No pienso huir, pero no podemos mantenerla mientras Kyle espera en el coche –dijo Claire, en un tono más agresivo del que pretendía. No comprendía que Matt estuviera enfadado con ella–. ¿Qué crees que voy a hacer? ¿Escaparme?

Matt le sostuvo la mirada.

–Lo llevas en la sangre, ¿no es eso lo que sueles decir?

–Puede que sí, pero ésta es mi casa. En seguida vuelvo.

Sin dar a Matt la oportunidad de responder, fue hasta el coche, subió y se quedó unos segundos apretando el volante antes de arrancar. Casi había recorrido la mitad de camino cuando Kyle dijo súbitamente con voz quebradiza y los hombros encorvados:

–No sabía lo mío.

–No.

¿Cómo no se había planteado esa posibilidad? ¿Por qué no le habría preguntado directamente porqué negaba la existencia de Kyle? De haberlo aclarado antes, al menos no habría parecido que ella trataba de engañarlo.

–¿Crees que… –balbuceó Kyle– ahora que lo sabe…? No sé… A lo mejor… –dejó la frase en el aire, como si temiera expresar un deseo tan íntimo.

–No lo sé, cariño.

Todo el pueblo sabía quién era el padre de Kyle, y sólo Claire sabía cuánto sufría por la indiferencia que éste y su familia le mostraban. Por eso mismo no se atrevía a crearle falsas expectativas.

–Puede que no sepa cómo tratar con un niño –dijo, aunque le pareció una pésima excusa. Detuvo el coche delante de la casa de Kyle y se volvió hacia él–. Matt no es como el resto de los Ballard. Quizá quiera relacionarse contigo aunque puede que necesite que pase un poco de tiempo. Ahora mismo, debe de estar furioso de que nadie le haya dicho nada.

Kyle miró hacia delante con expresión testaruda.

–Deberían habérselo dicho.

–Tienes razón. Pero también yo tengo la culpa.

Kyle le dirigió una mirada carente de toda acusación.

–¿Por qué no lo has hecho?

Claire no sabía qué explicación darle. ¿Cómo decirle a un niño de once años que llevaba años creyendo lo que la prensa decía de él, que sentía rencor por la rapidez con la que había superado su ruptura, que había preferido creer que un hombre así no querría conocer a su sobrino, que había sido la única manera de soportar no formar parte de su vida?

–Kyle, tienes que saber que, si decide no verte, puede que sea más por lo que siente por mí o por su familia, que por lo que sienta por ti.

Tras una larga pausa, Kyle asintió y bajó del coche. Luego se inclinó sobre la ventanilla y dijo:

–Tía Claire, no quiero que creas que te quiero menos.

Claire sintió la garganta agarrotada por la emoción.

–Lo sé, mi amor.

Eran las mismas palabras que había dicho respecto a sus padres adoptivos cuando adivinó que Vic Ballard era su padre, y había acudido a ella porque no quería que sus padres sufrieran.

Permaneció en el coche hasta que lo vio entrar en casa. Claire había visto el coche de Shelby, así que supo que no estaba solo. Por más que añorara que su padre lo reconociera, lo cierto era que tenía unos padres que lo adoraban, y eso era mucho más de lo que muchos niños podían decir. Sería feliz con o sin Matt Ballard en su vida.

Ojalá ella pudiera decir lo mismo de sí misma.

Tal y como había imaginado, Matt la esperaba cuando llegó a su casa. ¿Cómo iba a haberse marchado tras conocer a un sobrino cuya existencia ignoraba?

Sin mediar palabra, Claire le hizo pasar.

En cuanto estuvieron dentro, Matt la tomó violentamente por los brazos y preguntó, furioso:

–¿Por qué no me habíais dicho que tengo un hijo?

Capítulo Diez

–¿Cómo? –preguntó Claire con voz aguda. ¿De qué hijo hablaba?

–Ese chico es hijo mío.

–¿Kyle? –Claire intentó zafarse de Matt.

–No me mientas –insistió Matt, sacudiéndola por los hombros.

–No te miento. ¡Kyle no es tu hijo! –protestó Claire.

Matt la sujetó con fuerza una fracción de segundo antes de soltarla y apartarla de sí. Cuando volvió a hablar, lo hizo con voz grave:

–Tiene los ojos de un Ballard; tus labios y tu barbilla.

Finalmente Claire comprendió la equivocación de Matt.

–¿Crees que yo soy la madre de Kyle?

–No tiene sentido que lo niegues. Él mismo me ha dicho que es adoptado.

–Y lo es, pero no es mi hijo.

Claire iba a darle una explicación más completa, pero Matt no le dio tiempo.

–¡Está claro que es nuestro hijo! –exclamó en actitud amenazadora–. Si descubriste que estabas embarazada después de dejarme, ¿por qué no me lo dijiste antes de darlo en adopción?

Claire no daba crédito a sus oídos.

–¿De verdad crees que fue eso lo que pasó?

–¿Lo niegas?

–Desde luego que sí –Claire se abrazó a sí misma como si necesitara protección–. ¡No puedo creer que hayas llegado a esa conclusión! ¿Conoces a Kyle, te das cuenta de que se parece a ti y en un cuarto de hora llegas a la conclusión de que tuve un hijo y lo di en adopción?

–Se ve que has olvidado que soy muy listo.

Claire estaba tan indignada que sólo fue capaz de producir una exclamación de sorpresa. Matt tomó su silencio como una confirmación.

–Así que –añadió él–, cuando la primera mañana que nos vimos dijiste que no querías mantener una conversación seria, no mentías.

–¡Te aseguro que no tenía nada que ver con Kyle! –replicó Claire, furiosa.

–¿Quieres decir que no pensabas hablarme de él?

–¿Qué quieres que diga, Matt?

–Que admitas que Kyle es mi hijo.

–¡No seas absurdo! –Claire suspiró profundamente para intentar calmar los nervios y conseguir pensar con claridad–. Estás equivocado. Kyle... –intentó explicar de nuevo.

Pero Matt volvió a atacarla.

–Debiste de saber que estabas embarazada incluso antes de dejarme; sentiste pánico porque no me amabas e hiciste lo que tiendes a hacer: huir.

Claire lo miró en estado de shock.

–¿De verdad crees que haría algo así, Matt?

Él le dio la espalda y fue hasta la ventana. En lugar de contestar, dijo, mascando las palabras:

–Limítate a decir la verdad.

De pronto, la confusión y el desconcierto dio paso a la ira en Claire.

—¿Cómo puedes imaginar ni por un segundo que yo fuera capaz de algo así? —preguntó, acercándose a él con el impulso de obligarle a volverse y mirarla.

Él se limitó a girar la cabeza y clavar una mirada fría y distante en ella. Era evidente que ya la había sentenciado, y eso acabó con la paciencia de Claire. Matt estaba dispuesto a creer algo así cuando ella se había sacrificado por él y lo había dejado para salvar su futuro. Pero en lugar de darle una oportunidad para explicarse, la juzgaba y sentenciaba basándose en una prueba falsa.

Para Claire era inconcebible que la considerara capaz de mentirlo y engañarlo de aquella manera. Que pensara que había dado a su hijo en adopción le resultaba insultante. Pero no estaba dispuesta a intentar justificarse.

—He visto al chico, Claire. Es la combinación perfecta de ti y de mí.

—¿Y eso te basta para llegar a una conclusión tan deplorable? —preguntó ella con desdén.

—¿De verdad has creído que no acabaría averiguándolo o que, fingiendo inocencia, me convencerías de mi error? —tomándola por la barbilla le hizo mirarlo. Claire no pestañeó—. ¿Crees que porque fui lo bastante estúpido como para enamorarme de ti, volvería a creer tus mentiras? ¿O has pensado que por habernos acostado he vuelto a enamorarme de ti? —la soltó bruscamente—. Pues has de saber, querida, que ya no soy tan idiota.

—Lo disimulas bien. No es el momento de que te vanaglories de tu inteligencia.

Matt ignoró el comentarios de Claire.

–Lo que no entiendo es por qué sigues negándolo, cuando puedo solicitar una prueba de ADN de Kyle. Antes del fin de semana, habré confirmado que es mi hijo.

–¿Y qué piensas hacer cuando tengas esa «prueba»? –dijo ella, dibujando comillas en el aire–. ¿Vas a arrebatar a Kyle a su familia?

La cara de sorpresa de Matt indicó que no se lo había planteado.

–Tú no quieres un hijo por mucho que un juez dictamine que… –Claire dejó la frase en el aire. No tenía sentido dar argumentos cuando, en el caso de que Matt se decidiera a hacer la prueba, comprobaría que Kyle no era su hijo–. ¿Qué harías?

–Sólo quiero que admitas la verdad.

–Entonces no vas a tener suerte. Lo que me pides es que mienta. Haz la prueba y ya hablaremos. O mejor aún, vete, reflexiona y vuelve cuando te hayas calmado. Hasta entonces, vete de mi casa.

–¿Por qué has vuelto? Creía que pensabas quedarte hasta encontrar una sede –preguntó Jonathon, alzando la mirada de la pantalla del ordenador al ver entrar a Matt en la oficina.

Matt dejó el ordenador sobre su escritorio. Habría hecho cualquier cosa por evitar dar explicaciones sobre lo que había pasado en Palo Verde. Sólo quería volver a trabajar y enfrentarse a problemas que supiera resolver.

En lugar de contestar, preguntó:

–¿No te ha dicho nada Wendy?

La había llamado la noche anterior, de camino a casa, para preguntarle cómo conseguir información sobre Kyle y para que localizara al mejor abogado familiar del estado.

Jonathon fue a servirse un café.

—Cuando he llegado estaba trabajando y me ha dicho algo sobre un abogado. ¿Qué ha pasado en Palo Verde para que necesites un abogado? ¿Has matado por fin a tu hermano?

—¡Muy gracioso! —masculló Matt.

Pero en lugar de dar más detalles, se entretuvo sacando el ordenador de la funda y conectándolo al monitor del escritorio.

—Entonces, ¿qué tal…? —volvió a preguntar Jonathon, volviendo al suyo.

—No quiero hablar de ello.

—¿No has encontrado ningún edificio que…?

—No. Y a no ser que Ford y tú queráis comprar mi parte de FMJ, será mejor que no volváis a mencionar la idea de abrir un laboratorio en Palo Verde.

Jonathon se quedó parado con la taza a medio camino de la boca.

—¡*Vaaale!*

Matt se sintió irritado consigo mismo, y supo que debía disculparse con Jonathon. Pero en lugar de hacerlo, abrió el correo. Entre los mensajes había uno sobre la turbina, lo que le hizo pensar en aquella noche con Claire y cómo habían hecho el amor en el coche.

Al cabo de un rato notó que Jonathon volvía al trabajo, pero en lugar de contagiarse de su concentración, su inquietud aumentó. Para distraerse, decidió ir al laboratorio y dedicarse a algo práctico.

Además, cuanto antes borrara las imágenes de Claire asociadas a él, mejor.

Estaba a punto de salir del despacho cuando Wendy asomó la cabeza y, con una actitud inusualmente tímida en ella, le tendió un sobre. Miró a Jonathon de reojo y susurró a Matt:

–Aquí tienes toda la información que he podido recabar. Si quieres saber más, puedo contactar con un detective que conozco.

Por más que Wendy intentara ser discreta, Matt no pudo evitar sentirse como un estúpido. Ford y Jonathon sabían todo sobre él desde los doce años y era absurdo pensar que iba a poder ocultar por mucho tiempo aquella noticia.

Así que en cuanto Wendy cerró la puerta, fue hasta el escritorio de Jonathon, abrió el sobre y echó una ojeada a la primera hoja, el certificado de nacimiento de Kyle Walstead. En la línea donde debía poner el nombre del padre, estaba escrito: *Desconocido.*

Matt pasó la hoja, resistiendo el impulso de romperla. Las siguientes eran unas fotocopias del semanario de Palo Verde con fotografías de Kyle en el grupo de scouts y con el equipo de fútbol. En la primera, aparecía tan serio y pensativo como cuando lo había encontrado en el porche de Claire. En la del fútbol, sonreía abrazado a otro compañero con el que sujetaba un trofeo.

Esa última le hizo pensar en lo que estaba haciendo. ¿Qué sentido tenía contactar con un abogado? ¿Iba a llevar a los Walstead a juicio? ¿Pensaba destrozar la vida de una familia por una egoísta idea de justicia?

Por muy enfadado que estuviera no se sentía capaz de hacer algo así.

Asqueado consigo mismo, dejó los documentos sobre el escritorio de Jonathon y dijo:

—Ésta es la razón de que me haya ido de Palo Verde y por la que no pienso volver nunca más.

Jonathon los tomó y miró la foto detenidamente.

—¡Dios mío, es idéntico a ti!

Matt se rascó la cabeza.

—Pero tiene la barbilla de Claire.

Jonathon volvió a mirar la fotografía y dejó escapar un silbido de incredulidad.

—¿Tienes un hijo del que nunca te ha hablado?

—Lo dio en adopción, así que, técnicamente, Shelby y Steven Walstead son sus padres.

Jonathon sacudió la cabeza.

—Jamás habría pensado que Claire fuera capaz de algo así.

—Yo tampoco.

No pudiendo soportar la expresión de pena con la que Jonathon lo observaba, Matt dio media vuelta y fue hasta el ventanal desde el que se divisaban los bloques de oficinas de la ciudad, que se fundían con los barrios residenciales en la distancia.

Normalmente le encantaba aquella vista porque le hacía recordar lo lejos que había llegado en la vida, más que su padre, que nunca había creído en él, o que su hermano. Durante su infancia lo habían tratado como si fuera un ciudadano de segunda clase, un bicho raro del que burlarse.

Pero desde que era millonario ya nadie se reía de él.

No acostumbraba a alimentar el resentimiento

contra su familia, pero aquel día no podía evitar culpar a su padre de los problemas que tenía con Claire. Cuando había roto la relación, no le había costado aceptar que se aburriera con él, que no lo encontrara entretenido. ¿Cómo no iba a encontrarlo aburrido si eso era lo que toda su familia pensaba de él?

Durante semanas había vagado como un alma en pena, hasta que el trabajo en FMJ lo había devuelto a la realidad. Pero ni siquiera con los años, cuando ya pudo ver las cosas con más perspectiva, se le había pasado por la cabeza que Claire pudiera engañarlo.

–Pensaba que había sido voluble y superficial, pero nunca pensé que fuera capaz de algo así –dijo, más como una reflexión en voz alta que hablando con Jonathon.

Jonathon guardó un prolongado silencio durante el que Matt sólo oyó el suave ruido de papeles moviéndose.

–Puede que no lo sea –dijo, de pronto.

Matt se giró sobre los talones y lo miró indignado.

–¡No puedo creer que la defiendas!

–No la estoy defendiendo –Jonathon alzó una mano en señal de inocencia–. ¿Has leído la información con detenimiento?

–El necesario. Basta con que el chico sea clavado a Claire y a mí. Está claro que es nuestro hijo.

–No está tan claro –Jonathon le tendió el certificado de nacimiento–. Nació en febrero, y tú y Claire no empezasteis a salir hasta octubre. Si es vuestro, tuvo que ser muy prematuro.

–¿Insinúas que no es mi hijo? –Matt se preguntó

si Claire ya habría estado embarazada cuando salían, pero pensó que lo habría notado.

Como Matt no había tomado el certificado de nacimiento, Jonathon volvió a estudiarlo.

—Lo que quiero decir es que tampoco creo que sea de Claire.

—¿Cómo?

—Claire es su nombre verdadero, ¿no? No se trata de un apodo ni nada por el estilo. Lo digo porque el nombre que aparece aquí no es Claire Caldiera, sino Courtney.

Matt lo miró atónito, tomó el certificado y lo miró. El nombre de la madre reclamó su atención como si fuera fosforescente. Allí estaba, con toda claridad: Courtney Caldiera.

—La hermana pequeña de Claire se llama Courtney —dijo.

Jonathan volvió a silbar con consternación.

—La hermana de Claire es dos o tres años menor que ella, así que debía de tener...

Para entonces, Matt ya lo había calculado.

—Quince. Debía de tener quince años cuando se quedó embarazada.

Por enésima vez en los últimos días, Matt sintió que el suelo temblaba bajo sus pies. Aunque no se consideraba particularmente testarudo, no le gustaba la sensación de haber basado sus conclusiones en falsas premisas.

Y peor aún era saber que había juzgado a Claire injustamente.

¿Y si era tan dulce y leal como la había considerado en el pasado? ¿Y si no le había mentido sobre Kyle?

La Claire de su juventud no era el tipo que cambiaba de novio de un día para otro y dejaba los estudios a mitad de trimestre. Aquella imagen nunca había encajado con lo que creía de ella. Pero hasta entonces había asumido que no había sabido juzgar su carácter verdadero. Sin embargo, la Claire a la que había amado sí era el tipo de mujer que habría dejado todo por acudir en auxilio de su hermana pequeña embarazada.

Eso seguía sin explicar por qué le había mentido. Pero estaba decidido a averiguarlo.

Capítulo Once

Claire se convenció de que no estaba bien tras quemar una tercera tanda de donuts. Había pasado la mañana intentando trabajar, pero finalmente se dio por vencida, llamó a Jazz, el cocinero que la ayudaba ocasionalmente, y pidió a Molly que entrara más temprano de lo habitual.

Escondida en la cocina, sacó uno de los donuts y se echó a llorar a la vez que encontraba irónico que, con todos los motivos que tenía, fuera un donut quemado lo que finalmente la hiciera estallar.

En lugar de reírse de lo absurdo de la situación, apoyó la espalda en el frigorífico y se deslizó hasta sentarse en el suelo. Un cuarto de hora más tarde, Jazz entró y, al verla, volvió a salir de puntillas. Al cabo de unos segundos, entró Molly, se sentó a su lado y le apretó afectuosamente la mano.

—Los hombres son unos cerdos —masculló.

El comentario hizo que Claire no pudiera contener las lágrimas.

—Matt no tiene la culpa —dijo, entrecortadamente.

—¡Me refería a Jazz! —dijo Molly, furiosa—. Lleva cuatro años trabajando para ti y al verte llorar sólo se le ocurre venir a buscarme. Son unos tarados emocionales.

Claire sintió brotar en su interior una risa histérica.

136

–No le culpo. Ni siquiera yo quiero estar conmigo misma.

–¿Sabes lo que me ha dicho?: «Está llorando porque ha quemado los donuts» –Molly volvió a apretarle la mano–. ¿Puedes creer tal falta de psicología? Son todos estúpidos.

Claire rió finalmente con una mezcla de humor y de desesperación.

–Hoy estoy de acuerdo contigo.

–¿Quieres hablar? –preguntó Molly.

Claire lo pensó un instante y acabó sacudiendo la cabeza.

Molly le quitó el donut chamuscado de la otra mano.

–No es justo tener que lidiar el mismo día con hombres estúpidos y con donuts quemados. ¿Por qué no te vas a casa y ves una película?

–Ya sabes que nunca me voy antes del mediodía.

–Tómate un helado o haz jardinería –continuó Molly como si no la hubiera oído–. Date un capricho.

–¿Por qué no me dijiste que Kyle no era mi hijo?

Claire alzó la mirada hacia un vehemente Matt que la esperaba en el porche de su casa, y se arrepintió de haberse marchado del bar. Quemar donuts era mucho menos angustioso que enfrentarse a él.

En lugar de responder, pasó de largo y dijo, malhumorada:

–He dormido mal y he pasado una mañana espantosa, así que, si has venido a molestarme, estoy dispuesta a llamar a la policía para que te arresten por acoso –hizo una pausa durante la que imaginó a los policías pidiéndole un autógrafo en lugar de arrestándolo–. ¿O prefieres que te ataque con mi espray defensivo? –añadió, alegrándose de que al menos se le hubieran pasado las ganas de llorar.

Matt la miró fijamente, indiferente a sus amenazas, y repitió la pregunta.

–¿Por qué no me dijiste que Kyle no era mi hijo?

Claire metió la llave en la cerradura y la giró bruscamente.

–Claro que te lo dije, pero tú no me escuchabas.

La voz se le quebró, tiñendo sus palabras de una desesperación que le resultó irritante.

Esforzándose por no mirar a Matt, dejó el bolso en el perchero de la entrada y se quitó la chaqueta. De pronto se dio cuenta de lo poco atractiva que debía de estar. Llevaba vaqueros y una camiseta rosa con el logo de la cafetería, y debía de oler a chocolate quemado.

Matt tenía un aspecto desaliñado pero sexy. En vaqueros y con la camisa por fuera, su ropa parecía al mismo tiempo corriente y cara.

Por un instante, Claire deseó poder relacionarse con él como un igual, pero sabía que eso era completamente imposible. No eran iguales ni en riqueza ni en poder. Él lo tenía todo y ella, nada. Y sería una estúpida si no lo recordaba. Lo había olvidado en dos ocasiones, pero no podía permitirse tropezar una tercera vez en la misma piedra.

Tras una pausa durante la que Matt pareció esperar a que dijera algo, éste dio un paso hacia ella y dijo:

–Claire, lo siento.

La solemnidad con la que se expresó y un nerviosismo que no podía ocultar, hicieron que Claire casi riera. Sabía que debía estar furiosa, y lo estaba. Pero el agotamiento tanto físico como emocional la había dejado exhausta.

Así que en lugar de gritarle y decirle que la disculpa llegaba demasiado tarde, dijo:

–Siempre has odiado tener que pedir perdón –y de pronto recordó algo que sí consiguió arrancarle la risa–. ¿Te acuerdas de la noche que discutimos durante horas si la Revolución francesa era antes o después que la estadounidense? Estabas seguro que la francesa fue antes, y no hubo manera de convencerte de que te equivocabas.

Los ojos de Matt brillaron con humor.

–Ahora no cometería ese error.

Claire se encogió de hombros.

–Claro. Hace doce años no teníamos WI-FI en todas partes. Ahora lo consultarías en tu iPhone.

Actuando con deliberada lentitud, Matt sacó el teléfono del bolsillo, lo dejó sobre el alfeizar de la venta y fue al lado opuesto de la habitación.

–El error al que me refería era no confiar en tu opinión. Además, la historia siempre se me ha dado mal.

Claire rió nerviosamente.

–Eso sí que tiene gracia.

–¿El qué? –preguntó él, confuso.

–Que no sabes nada de historia.

–Tienes razón –dijo él, sonriendo en tensión. Dio unos pasos hacia ella y añadió–: ¿Por qué no me cuentas que pasó entre nosotros hace doce años?

–Pensaba que lo habrías deducido. ¿No es ésa la razón de que hayas vuelto?

Matt asintió.

–Pero quiero que me lo cuentes tú.

–Si sabes que Kyle no es nuestro hijo, supongo que sabes que es de Courtney.

–Sí.

–Entonces habrás deducido que dejé la universidad para venir a cuidar de ella.

–¿Por qué?

Claire miró a Matt con ojos centelleantes.

–Porque es mi hermana, tenía quince años y estaba embarazada, así que tenía que ayudarla.

–Sabes que yo habría hecho cualquier cosa por ti –dijo él con tristeza.

–¿Crees que no lo sabía? –dijo Claire con la garganta atenazada por la emoción–. Precisamente por eso no te lo dije. Temía que te ofrecieras a volver a casa conmigo, y me aterrorizaba no ser lo bastante fuerte como para impedírtelo. No podía consentirlo. Acababais de empezar FMJ; Jonathon y Ford te necesitaban, y tú a ellos.

–Podría haber…

–Lo sé –cortó Claire. No podía soportar la idea de oírle decir todas las cosas que habría hecho por ella. Cruzó la habitación con paso decidido para descargar un poco de tensión–. Sé que me habrías rescatado y que habrías hecho que mi carga fuera menos pesada, que habrías movido montañas por mí… ¿Crees que no me he imaginado miles de veces cómo habrían sido las cosas de habértelo dicho?

Matt miró por la ventana hacia la calle con las manos en los bolsillos y los hombros encorvados en una actitud que Claire no supo interpretar. Así que siguió hablando.

–Pero de haber hecho todo eso, habrías sacrificado tu futuro. Y entonces habrías visto a tus amigos alcanzar el éxito y habrías acabado odiándome. O quizá FMJ habría fracasado sin ti. Y entonces yo habría sido responsable de destrozar cuatro vidas en lugar de sólo una.

–Deberías haberme dejado tomar la decisión –dijo él, sin volverse.

–Puede, pero te conozco, Matt –decir aquellas palabras le resultaba doloroso porque hacía años que ya no estaba segura de que fueran ciertas–. Al menos, te conocía entonces y sabía que, si te lo contaba, no habrías dudado en ayudarme. ¿Entiendes por qué no podía arriesgarme a decírtelo? Actué así para protegerte, no para engañarte.

El tono de súplica de sus palabras puso en evidencia cuánto ansiaba que él la creyera, y se preguntó si su desesperación significaba que todavía albergaba alguna esperanza de que las cosas entre ellos pudieran funcionar. La respuesta fue afirmativa, y eso la asustó aún más. Por eso apartó aquel sentimiento de sí como si pudiera quemarla. No podía permitirse desear nada.

–¿De qué querías protegerme dejándome? –preguntó Matt, clavando en ella una mirada que le llegó al alma.

–Te quería demasiado como para que renunciaras a FMJ.

–De acuerdo, pero entonces ¿por qué no volviste después de que Kyle naciera? –preguntó. Claire esquivó su mirada, pero Matt ya lo sabía–. De acuerdo. Porque me viste en la fotografía bailando con Marena –sacudió la cabeza en un gesto de frustración–. ¡No confiabas en mí!

–No se trataba de eso. Courtney tardó años en recomponer su vida.

–No debería haber sido una responsabilidad exclusivamente tuya.

–Quizá no, pero lo fue.

–Tus abuelos…

–Ellos fueron la causa de que la situación empeorara. Insistieron en saber quién era el padre para obligarla a casarse con él. Cuando se negó, la echaron de casa. Fue entonces cuando me llamó y… –Claire no pudo terminar la frase al revivir aquellos días.

Su hermana había pasado tres días sola antes de llamarla. Había intentado llegar hasta ella haciendo autoestop, estando embarazada de seis meses.

Tomó aire para intentar recobrar la calma y ahuyentar el pánico que sentía siempre al pensar en el peligro que había pasado.

–Crecer con mis abuelos después de que mi madre se fuera fue una pesadilla. Como nunca habían podido controlarla cuando era joven, decidieron ser muy estrictos con nosotras para compensar. Así que Courtney y yo formamos una piña contra el mundo. Ella no quería ceder y yo no tuve otra opción que apoyar su decisión.

Matt alzó las cejas en un gesto de incredulidad, como si no quisiera interrumpir su relato pero no llegara a convencerle.

–Sé que suena raro –dijo ella, a la defensiva–. Courtney tenía quince años y era demasiado joven para estar sola. Quizá debía haber confiado más en los abuelos, pero no puedes imaginarte lo rígidos que eran –miró a Matt con la esperanza de que viera que era sincera–. Querían obligar al padre a casarse con ella, un hombre que se había acostado con ella y luego la había ignorado, un hombre que consintió que la echaran de casa y no hizo nada por ayudarla. ¿Puedes imaginar lo que habría sido casarse con alguien así? No puedes culparla por no decirles quién era. Pero ni siquiera cuando nació el bebé se compadecieron de ella. Y para entonces yo ya había ido a ver a la tía Doris para que me diera un trabajo.

Claire se estremeció al recordar la humillación que había sentido. Doris nunca se había llevado bien con su hermana, la abuela de Claire, así que apenas se conocían. Pero con una beca de estudios que tenía que devolver, una hermana embarazada, y todas sus pertenencias cargadas en el coche, no había nadie más a quien recurrir. Y Doris se había convertido en su ángel de la guarda. Un ángel fumador y bebedor que trabajaba veinticuatro horas al día y que esperaba lo mismo de Claire.

–Después de que naciera el bebé –continuó Claire–, Courtney siguió necesitándome, y yo le debía demasiado a Doris como para marcharme. Para entonces, tú habías retomado tu vida, y salías con modelos y mujeres famosas.

–Tampoco fueron tantas –protestó Matt.

–Pues a mí sí me lo parecía. Aquí en Palo Verde, todo lo que hacías se convertía en noticia. Todo el pueblo seguía tus hazañas amorosas –Claire no pudo evitar el rencor que tiñó sus palabras–. Ponte en mi lugar, Matt. Nunca había confiado en un hombre en toda mi vida hasta que te conocí. Te amaba tanto que preferí sacrificar mi felicidad por la tuya. Creí que te rompía el corazón, pero en cuestión de semanas, te habías recuperado.

Claire sintió que las piernas le fallaban y que sólo la sujetaba la mano con la que Matt le sujetó la barbilla, y la intensidad de su mirada. Algo en su interior se iluminó al volver a sentir un destello de esperanza.

–Eso no es verdad –dijo él.

La esperanza se hizo añicos porque sabía que era imposible recuperar el pasado. No había perdón en los ojos de Matt. No habría segundas oportunidades.

–Deberías haber confiado en mí –añadió Matt.

El dolor que le causaron aquellas palabras le hizo hablar con resentimiento.

–Quizá no estaba en un momento de mi vida en el que me resultara fácil confiar en nadie.

Matt la miró con severidad.

–Salvándome a mí, tal y como dices, evitabas confiar en alguien. Podías tomar todas las decisiones sin correr ningún riesgo. Así pudiste disfrutar de tu propio sentimiento de superioridad.

–¡Eso no es verdad!

–¿Estás segura? Porque desde mi punto de vista, lo que pasó fue que me rompiste el corazón y luego me juzgaste por no actuar como esperabas. Desde mi punto de vista, me hiciste pasar un examen sin advertirme de cuáles eran las reglas, pero te precipitaste a juzgarme cuando no lo aprobé.

Claire sintió que la cabeza le daba vueltas. ¿Habría algo de verdad en lo que Matt decía? ¿En lugar de sacrificarse habría intentado protegerse? Trató de recordar lo que había sentido doce años atrás y sintió ira.

–Si de verdad crees que debía haber confiado en ti, está claro que no has pensado demasiado en Kyle.

¿Te acuerdas de que creíste que era tu hijo? ¿Te has parado a pensar por qué se parece tanto a ti? Porque puede que, si lo haces, te des cuenta de por qué no podía contarte toda la verdad.

Matt fue hasta la puerta principal y se giró con la mano en el pomo.

Perdiendo el control, Claire preguntó:

–¿Te has parado a pensar quién es su padre?

–Claro que sí. Recuerda que se supone que soy un genio –dijo él, esbozando una melancólica sonrisa–. Kyle es mi sobrino. Vic es su padre.

Capítulo Doce

Matt había llegado al coche cuando Claire lo llamó para que esperara.

–¿Se puede saber qué pasa contigo? –preguntó.

Matt se detuvo con la mano en la manija y la miró. Estaba en el porche, con los brazos en jarras y actitud desafiante. Una postura típica de Claire, sola, defendiendo su territorio contra el mundo.

–A mí no me pasa nada, Claire. Eres tú quien tiene un problema.

–¿Yo? –Claire bajó las escaleras con decisión–. ¿Qué quieres decir?

Matt dio varios pasos hacia ella y se detuvo.

–En todo este tiempo no has mencionado jamás a Kyle.

Claire alzó las manos en el aire en un gesto de frustración.

–¿Y por qué iba a hacerlo? Estaba segura de que lo sabías.

–¿Cómo iba saberlo, Claire?

–Era lo lógico. Tu madre y tu hermano lo saben. ¡Hasta tu padre lo sabía! ¿Cómo iba a imaginar que tú no lo supieras?

–Pues es la verdad –dijo Matt con amargura. Se pasó la mano por el cabello para aliviar su frustración–. Podría escribir un libro sobre todas las cosas que no he sabido de nuestra relación. No sabía que

146

tu hermana se quedó embarazada, no sabía por qué te fuiste; no sabía que mi hermano fuera padre. Ni que tuviera un sobrino al que mi familia ignora –concluyó, haciendo la cuenta con los dedos.

Al no obtener respuesta de Claire, hizo la pregunta que lo torturaba desde que leyó el certificado de nacimiento de Kyle.

–¿Por qué no arrestaron a Vic? Courtney sólo tenía quince años.

Claire lo miró con tristeza.

–Es un Ballard. Tu familia tiene poder y dinero. Que yo sepa, nadie se planteó detenerlo. Cuando Kyle tenía dos años, los Walstead vinieron a decirme que el crimen iba a prescribir y que, si quería que lo denunciáramos, pero les dije que ya no tenía sentido. Para entonces, Courtney había terminado los estudios y se había marchado. Y se negaba a admitir que Vic hubiera hecho algo malo, porque hasta el día de hoy asegura que era lo bastante madura como para tomar sus propias decisiones.

–¡Y Vic nunca ha sido castigado! ¡No pienso permitirlo!

–No vas a tener más remedio, Matt. Esa decisión no está en tus manos.

Claire estaba equivocada. Matt había creído tras su último encuentro con Vic que nunca lo había odiado tanto, pero aquello no era nada comparado con lo que sentía en ese momento. Desmantelaría Ballard Enterprises, destrozaría a su hermano. Pero aún le quedaba por hacer una pregunta.

–¿Ha hecho lo mismo con alguna otra chica?

–No, que yo sepa –dijo Claire.

–Voy a acabar con él –masculló Matt.

–No lo hagas. Ni Courtney ni Kyle necesitan que les vengues.

–No se trata de eso.

–¿Entonces, qué es? –preguntó Claire.

Su genuina expresión de desconcierto indicó a Matt que verdaderamente no lo sabía.

–Se trata de que siempre quieres resolverlo todo tú sola.

Claire alzó la barbilla, desafiante.

–Será porque siempre he tenido que arreglármelas sola.

–No –Matt se acercó a ella para obligarla a mirarlo–. Lo haces todo sola porque no confías en nadie –vio un destello en sus ojos, pero ninguna señal de que comprendiera–. Dices que tu hermana es orgullosa, pero no te das cuenta de que tú lo eres aún más.

–Yo no…

–Claro que sí –y descubrir la verdad de aquella afirmación iluminó la mente de Matt–. Siempre has dicho que huías, Claire, pero no es verdad. Lo que haces es empujar a los demás para que se alejen de ti y así confirmar que no puedes confiar en nadie.

–No es verdad –dijo Claire con la voz quebrada.

–Sí, Claire. Eso es precisamente lo que haces –de pronto, Matt sintió que su enfado se diluía. Dio el último paso que lo separaba de ella y con dedos temblorosos le retiró un mechón de la cara–. Piénsalo. Si de verdad hubieras pensado que sabía lo de Kyle, me habrías exigido que lo reconociera. Pero has preferido evitar el tema porque te ha resultado más sencillo pensar que era un canalla.

Esperó a que Claire lo negara o se defendiera, pero ella se limitó a mirarlo fijamente, como si se hubiera quedado sin palabras. Y Matt no pudo evitar que su imagen lo conmoviera, tan fieramente independiente, tan incapaz de ayudar o de necesitar a alguien. Habría dado cualquier cosa para que supiera que podía confiar en él, pero ya había hecho todo lo que estaba en su mano y se había cansado de intentar convencerla.

–Está bien –dijo con resignación. Y sacó del bolsillo el anillo que llevaba consigo desde hacía días–. Lo compré la mañana siguiente a nuestra primera cita y lo he guardado todos estos años, diciéndome que lo conservaba para no olvidar el daño que me habías hecho. Ahora creo que lo he conservado porque nunca había dejado de quererte.

Claire miró perpleja el anillo de compromiso que Matt le había comprado doce años atrás, una sencilla banda de platino con un diamante, que se había salido del engarce.

–Cuando me dejaste –continuó Matt–, lo tiré contra la pared y se rompió –Claire alargó la mano como si quisiera tocarlo, pero Matt lo dejó caer al suelo–. Ahora sé que nunca lo arreglé porque algunas cosas son irreparables.

Claire llevó la sortija en el bolsillo los siguientes cinco días, convencida de que se derrumbaría en cualquier momento. Pero la crisis no se produjo, y sin que supiera cómo, llegó el miércoles y Kyle se sentó a hacer los deberes en la barra del Cutie Pies, como todas las semanas.

–¿Cómo estás, guapo? –preguntó, esforzándose por sonreír.

–Hola, tía Claire –la saludó él con una sonrisa más luminosa de lo habitual.

–¿Qué tal van los deberes? –hablar con Kyle le sentaba bien.

Aunque hubiera perdido a Matt, siempre le quedarían su sobrino y la cafetería.

–Mal –dijo él, rascándose la frente con el lápiz–. Quería acabar pronto el proyecto de ciencias naturales para poder salir con él el fin de semana, pero no consigo entender la mitosis.

Cuando ya estaba explicándole la complejidad de la división celular, Claire reaccionó a algo que había dicho:

–¿Qué has querido decir con «él»?

Kyle abrió los ojos desorbitadamente.

–¡Vaya, se supone que no debía decírtelo!

–¿El qué? –preguntó Claire fingiéndose sólo levemente interesada.

Pero no engañó a Kyle, que la miró con suspicacia.

–Que Matt va a venir a cenar el sábado. Mamá no te lo ha dicho, ¿verdad?

–No –admitió Claire–. Pero me alegro.

Para distraerse, tomó el cuenco de Kyle y le puso más helado.

–¿Os ha… os ha visitado a menudo?

Tuvo que hacer un esfuerzo para hacer la pregunta porque en parte no quería oír la respuesta. Matt estaba en lo cierto: le había resultado más sencillo pensar que conocía la existencia de Kyle y que había elegido ignorarlo, que aceptar que era el hombre honesto cuyo amor ella siempre había anhelado.

–No –se limitó a contestar Kyle, concentrándose

en el libro de texto–. Vino la semana pasada para hablar con mamá y papá, pero me mandaron a mi cuarto.

La sonrisa que dedicó a Claire fue tan parecida a la de Matt, que ésta sintió que se le encogía el corazón.

–Supongo que no quisieron que me hiciera demasiadas ilusiones –continuó Kyle–. Aunque se ve que han decidido que no es una mala influencia.

Claire le sonrió aunque apenas podía respirar.

–Claro. Es un buen hombre y me alegro de que tengas la oportunidad de conocerlo.

Kyle frunció el ceño y apoyó la barbilla en el puño.

–Si es tan buen tipo, ¿por qué no estás con él?

Claire intuyó que se esforzaba por mantener el equilibrio entre la lealtad hacia ella y la fascinación que sentía por Matt. Se inclinó hacia él para ponerse a su altura.

–Escucha, Kyle. Lo que pase entre Matt y yo no tiene nada que ver contigo, ¿de acuerdo? No quiero que te sientas mal porque sea tu amigo. Si las cosas entre nosotros no funcionan, es por nuestra culpa.

Podría haberle dado más explicaciones, pero Kyle no las comprendería.

–Es sólo que… –Kyle chupó el lápiz con gesto pensativo–. ¿Te acuerdas de lo que solías decirme cuando te preguntaba por qué mi madre me había dado en adopción?

–Sí –dijo Claire, asintió con la cabeza.

Recordaba aquella conversación vívidamente. Kyle tenía cinco años.

Kyle bebió un trago de agua.

–Siempre decías que, si me dejó, no fue por mí, sino por ella. Y que aunque ella no hubiera podido cuidar de mí, había muchas personas que me querían en sus vidas.

–Lo recuerdo muy bien –dijo Claire, posando la mano sobre la de él–. No debes tener miedo a que Matt desaparezca. Si él dice que quiere estar contigo, puedes creerle. Es un hombre de palabra.

Kyle la miró con incomprensión.

–Entonces, ¿por qué no le creíste cuando te dijo que quería estar contigo?

Claire se incorporó al tiempo que respiraba profundamente.

–No… No lo sé –se sintió mareada. Era desconcertante que un niño fuera tan intuitivo.

Kyle alzó los hombros en un gesto de desconcierto idéntico al de Matt.

–¿Y por qué crees que yo debo confiar en él, y tú no?

–Porque a mí me dejó –dijo Claire. Y de inmediato pensó que no era apropiado tener aquella conversación con un niño de once años para el que las relaciones adultas eran tan indescifrables como la mitosis.

Kyle ladeó la cabeza.

–¿Y no crees que a lo mejor quería que le siguieras?

Claire pensó que debía haber tenido en cuenta que, siendo sobrino de Matt, Kyle era más listo que los chicos de su edad. Incluso más listo que ella.

Cuando Matt llegó el sábado a casa de los Walstead encontró a Claire en el porche, guardando la puerta como si fuera el Can Cerbero ante las puertas del infierno. Su expresión de fiereza contrastaba con su aspecto. Llevaba un vestido floreado y vaporoso, extremadamente femenino sin que ello redujera un ápice su aire de determinación.

Matt se detuvo al pie de la escalera, con una botella de vino en una mano y un regalo para Kyle en la otra.

–De haber sabido que los Walstead tenían un perro guardián habría traído un trozo de carne en lugar de regalos para conquistarlos.

–No creo que tengas ningún problema en conseguirlo –dijo ella.

–¿Saben los Walstead que estás bloqueando la entrada de su casa?

Claire reprimió la sonrisa que sus labios iban a dibujar espontáneamente.

–Estoy segura de que están escuchando detrás de la puerta, pero prefiero no pensar en ello.

–Supongo que censuras mi relación con Kyle y que vas a intentar que me marche.

Claire se puso en pie y entrelazó las manos detrás de la espalda para disimular su nerviosismo.

–Te equivocas.

–¿De verdad? –dijo Matt, enarcando una ceja.

–Lo cierto es que considero a los Walstead mi familia.

–Y vienes a advertirme de que me aleje de ellos.

–No. Vengo a advertirte de que, si tú también vas a formar parte de su familia, te va a resultar difícil evitarme.

Claire bajó lentamente las escaleras, tomó la botella y el regalo de manos de Matt y los dejó sobre el último peldaño.

El corazón de éste empezó a latir con fuerza. En contra de lo que le dictaba el sentido común, tuvo la tentación de besarla antes de que volviera a escapar, pero permaneció inmóvil.

Claire dio un paso más y se pegó a él. Luego pasó los dedos por su cabello y atrajo su cabeza hacia sí, deteniéndola cuando sólo quedaban unos milímetros entre sus labios. Al hablar, su aliento acarició los de Matt.

–Y voy hacer lo imposible para que no puedas huir de mí.

Los brazos de Matt colgaban a lo largo de su cuerpo, y tuvo que apretar los puños para no abrazarla. La sangre le latía en los oídos, el pulso se le aceleró, todo él se puso alerta.

–¿Por qué me haces esto, Claire?

Necesitaba saber que no se trataba de un impulso, que Claire no iba a cambiar de idea y a pensar que no la merecía. Ella lo miró fijamente.

–Porque te quiero, porque siempre te he querido y porque pienso que tú también me amas. Si no soy el amor de tu vida, lo disimulas muy mal –se puso de puntillas como si fuera a besarlo, pero se detuvo de nuevo cuando sus labios se tocaron.

–¿Y si eso fuera verdad? –preguntó él.

Claire esbozó una sonrisa.

–Entonces tenemos mucha suerte, porque ya estamos prometidos.

–¿Qué te hace pensar eso?

Claire le enseñó la mano izquierda, en la que lucía el anillo restaurado.

–Este anillo de compromiso.

–Lo tiré al suelo hecho pedazos.

–Pero eso no significa que no fuera de compromiso –dijo ella, sonriendo con picardía.

Matt no pudo resistirlo más y la besó con todo su corazón. Cuando alzó la cabeza, le tomó la mano y observó el anillo.

–¿Cómo…?

–Lo llevé al joyero, y Martin lo engarzó con una nueva banda –Claire alzó la otra mano a su mejilla e hizo una pausa hasta que él la miró–. Le pregunté por qué se había roto y dijo que no era de extrañar, que lo habían hecho con una aleación demasiado frágil para sujetar un diamante.

–¿Y ahora?

–Ahora Martin ha usado una aleación de titanio irrompible.

–¿Estás segura?

–Completamente –Claire lo miró dejando claro que entendía que se refería a algo mucho más profundo que el anillo–. Los dos somos mucho más fuertes que hace doce años.

–Debes saber que todavía estoy decidido a destruir a Vic. Jonathon está estudiando cómo lograrlo.

Claire apretó los labios al tiempo que asentía.

–Preferiría que no lo hicieras.

–Puede que Courtney y Kyle no necesiten que los vengue, pero yo sí. Disfrutó sabiendo que te apartaba de mi lado.

Tras una pausa, Claire volvió a asentir.

–Pero ahora has vuelto a tenerme.

Se besaron de nuevo, con un beso cargado con las promesas que ambos pensaban cumplir. Cuando separaron sus labios, Claire le dio un pellizco en el brazo.

–¿A qué viene esto? –dijo él, frotándoselo.

–Por haberme dejado una semana entera –Claire frunció el ceño–. ¿Y si no hubiera venido en tu busca?

–Pensé que necesitabas tiempo para darte cuenta de que era inevitable –dijo él, sonriendo.

–Está bien –Claire le pasó el brazo por la cintura y apoyó la cabeza en su pecho–. ¿Y qué hacemos ahora?

–Ir a cenar con nuestra familia.

Deseo™

El príncipe de sus sueños

CATHERINE MANN

Cuando la verdadera identidad de Tony Castillo apareciera en las portadas de todos los periódicos, ya no sería capaz de seguir ocultando que era un príncipe y no un magnate, como todo el mundo creía, incluida su bella amante, Shannon Crawford.

Ante la indignada reacción de su amante, Tony no tuvo más remedio que llevársela a una isla, refugio de su familia, para protegerla de los paparazzi… pero el auténtico objetivo de Tony era ganarse de nuevo el corazón de Shannon en aquella remota y exótica isla.

¿Superaría Shannon las restricciones que imponía amar a un hombre de la realeza?

Acepte 2 de nuestras mejores novelas de amor GRATIS

¡Y reciba un regalo sorpresa!

Oferta especial de tiempo limitado

Rellene el cupón y envíelo a
Harlequin Reader Service®
3010 Walden Ave.
P.O. Box 1867
Buffalo, N.Y. 14240-1867

¡Sí! Por favor, envíenme 2 novelas de amor de Harlequin (1 Bianca® y 1 Deseo®) gratis, más el regalo sorpresa. Luego remítanme 4 novelas nuevas todos los meses, las cuales recibiré mucho antes de que aparezcan en librerías, y factúrenme al bajo precio de $3,24 cada una, más $0,25 por envío e impuesto de ventas, si corresponde*. Este es el precio total, y es un ahorro de casi el 20% sobre el precio de portada. !Una oferta excelente! Entiendo que el hecho de aceptar estos libros y el regalo no me obliga en forma alguna a la compra de libros adicionales. Y también que puedo devolver cualquier envío y cancelar en cualquier momento. Aún si decido no comprar ningún otro libro de Harlequin, los 2 libros gratis y el regalo sorpresa son míos para siempre.

416 LBN DU7N

Nombre y apellido	(Por favor, letra de molde)

Dirección	Apartamento No.

Ciudad	Estado	Zona postal

Esta oferta se limita a un pedido por hogar y no está disponible para los subscriptores actuales de Deseo® y Bianca®.
*Los términos y precios quedan sujetos a cambios sin aviso previo.
Impuestos de ventas aplican en N.Y.

SPN-03   ©2003 Harlequin Enterprises Limited

Bianca™

Iba a ser sólo por una noche… pero a él no le bastó

En teoría, Ellery Dunant era la última mujer que uno esperaría encontrar en la lista de amantes del mundialmente famoso playboy Leonardo de Luca. Esa clase de hombres no era nueva para ella y sabía que no había la más mínima posibilidad de que un hombre como él estuviera interesado en una mujer tan sencilla como ella…

Entonces, ¿por qué se descubrió Leonardo bajando la guardia para acostarse con ella?

La perdición de un seductor

Kate Hewitt

Deseo™

Corazón herido

NATALIE ANDERSON

Al millonario Rhys Maitland no le gustaba que las mujeres cayeran rendidas a sus pies sólo porque su nombre iba unido al poder.

Cuando conoció a Sienna, Rhys decidió ocultarle la verdad, aunque sólo iba a estar con ella una noche.

Sienna también tenía sus propios secretos. Vistiéndose con sumo cuidado para disimular la cicatriz que era la cruz de su vida, vivió una asombrosa noche de pasión con Rhys sin saber que hacía el amor con un millonario.

Rhys y Sienna supieron que una noche no iba a ser suficiente y se vieron obligados a desnudarse en todos los sentidos.

¿Haría una noche de pasión que los dos volvieran a encontrarse?